天下篇，逍遙遊
七星劍，葫蘆酒
你就這樣長身去了江湖
自天涯滄桑風塵回來的你
大鐘鳴鼓，琴瑟竽笙
高台厚榭，邃野之居
或人何在？或人何在？
你又帶書攜酒配劍
從眼前到天涯，一路過去

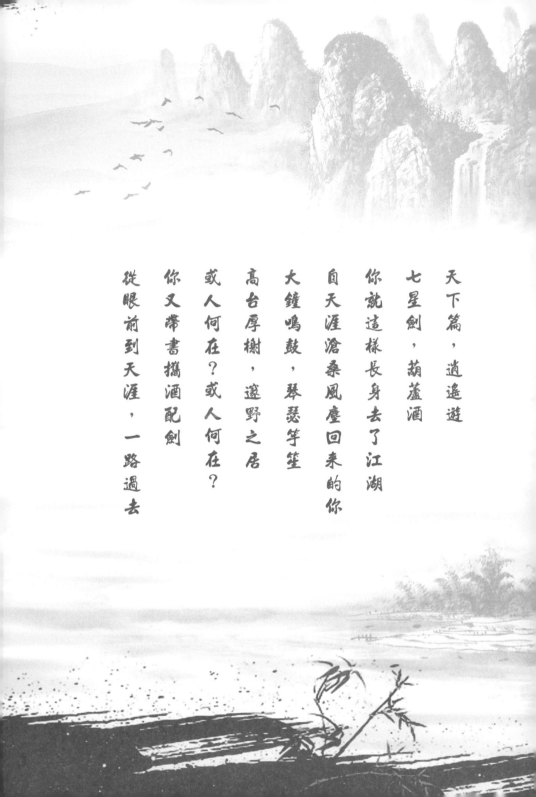

落花也有温柔的遠志
像人走向水涯
而裘褐為衣，棺桐三寸
張目奸逼切如大火逼你躍牆
身臨绝澗如閉目飛躍
而這一躍往何處去呢
流水也有悲壯的柔情

——摘自温瑞安《山河錄》之華年

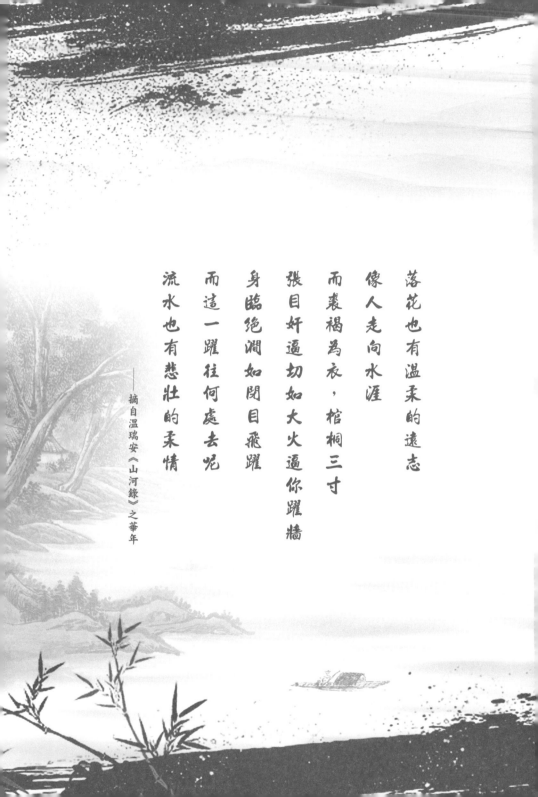

說英雄・誰是英雄系列
朝天一棍
1
溫瑞安 著
武俠經典新版

永遠求新求變求突破的溫瑞安武俠美學

劍氣簫心

陳曉林

眼前萬里江山，似曾小小興亡。

如果在人們的想像中，古之俠者的形象就如在沈沈黑夜中劃破天穹的流星，以一霎時燦爛輝煌的光芒，觸動了深埋在內心某一角落的高尚情愫，例如對人間正義的憧憬，對生命價值的追尋，對現實困頓的掙脫；那麼，藉著抒寫俠者的故事來召喚或呼應這一抹燦爛輝煌的光芒，歸根結柢，是在呈現一種浪漫的、詩意的生命情調。

在當前時代，高科技的聲光化電、特殊效果，多媒體的視聽傳播、另度空間，儼然已成爲人們生活的一部分。而《臥虎藏龍》、《英雄》等影片，在影像藝術和商業運作上的成功，似乎反而爲華文世界的武俠小說敲響了警鐘；因爲堆金砌玉的場景、幻美迷離的情致、匪夷所思的動作，猶如七寶樓台眩人眼目，卻將想像的餘裕也驅散或壓縮到了若有若無之間。試想：當武俠小說必須走上像《哈利波特》、《魔戒》等西方魔幻小說的路子才能在商業上找到出口，對於擁有深厚傳統的武俠文學而言，將是何等尖銳的反諷？

魔幻只是武俠可以運用和結合的小說文類之一，而絕不是武俠唯一的歸宿。其實，一切高明的文學作品，真正的底蘊都在於作者能以推陳出新的文字魅力引發讀者的閱讀興味，進而拓展讀者的心靈視域，武俠小說當然也不例外。溫瑞安本身是詩人，他的現代詩兼具古典美感與前衛創意，恢詭譎怪而又氣象萬千；他以詩意注入武俠，又以俠情融入詩筆，使他的武俠小說別具一股撼動人心的魅力。他又常自覺地汲引偵探、推理、科幻、神魔、演義，乃至意識流技法、魔幻寫實、後設小說等文類作為旁枝，而以詩意盎然的文字魅力貫穿其間。

在武俠文學的領域，古龍是最先強調必須求新求變求突破的大師，但一再揭明無論情節如何變化，「人性」總歸仍是一切文學探索的源頭活水者也正是古龍。溫瑞安少年時熟讀金庸、古龍，頗受影響，及至在武俠創作上卓然自成一家，其求新求變求突破的心情，顯然較古龍更為渴切。這是因為他深知若走金或古的路數，充其量不過是「金庸第二」或「古龍第二」，而他寧願一往無前地營造他自己的武俠世界，建立他自己的獨特風格。

在我看來，如果以詩人為喻，金庸或可擬之杜甫，古龍無疑可頡頏李白；則以美麗而奇倔的文字魅力自成一家的溫瑞安，殆差相彷彿於戛戛獨絕的李長吉。「女媧煉石補天處，石破天驚逗秋雨」，溫瑞安在武俠文學上種種煉石補天的抱負與嘗試，和李長吉在盛唐氣象已逝、李杜光焰猶存的時代，為了在詩藝上尋求突破而付出的心血，而結晶的詩篇，確有交光互映之處。至少，就構思的奇炫、情節的奇變、行文的奇幻而言，溫瑞安的若干作品確有「石破天驚逗秋雨」的意趣。

溫瑞安的武俠作品數量驚人，長、中、短篇均有膾炙人口的名篇。較爲讀者所熟知者，如「四大名捕」系列、「神州奇俠」系列，在兩岸三地均極受歡迎，以致欲罷不能，甚至開枝散葉，魚龍曼衍，且反覆搬上銀幕與螢屏，始終維持熱度。然而，我則認爲「說英雄，誰是英雄」系列才是溫瑞安的巔峰之作，神完氣足，意在筆先，將他的生命體驗、多元學識與文字魅力發揮得淋漓盡致。有了「說英雄，誰是英雄」系列，溫瑞安的武俠世界才有了可大可久的基柱。爲此，我與所有瑞安的朋友一樣，殷盼他早日將完結篇「天下無敵」殺青。

瑞安與我，均是多歷滄桑患難，允爲風雨故人。平時見面的機會卻少之又少，近十年來，甚至根本未曾一晤；然而，在內心深處，彼此都將對方當作可以託六尺之孤、可以寄百里之命的生死道義之交；其中的相知相契、互敬互重的情誼，有非語言可以形容者。如今瑞安得知我對提倡及出版武俠文學仍有一份繫念，義無反顧，將他的作品交託於我；我亦視爲理所當然，與他遙相攜手，再共同爲武俠文學的發皇而走上一程。斯情斯景，正是：「如此江山寥落甚，有人呼起大風潮」！

於二〇〇三年六月十五日

武俠大說

《溫瑞安武俠小說》風雲時代新版自序

國家不幸詩人幸，因為有寫詩的好題材。有難，才有關。有劫，才有渡。有絕境，才見出人性。有悲劇，才有英雄出。有不平，才有俠客行。笑比哭好，但有時候哭比笑過癮。文字看悶了，可以去看電影。文學寫悶了，只好寫起武俠來。

我寫武俠小說，起步得早，小學一年級時已在大馬寫（其實是「繪圖本」）武俠故事。武俠小說令我豐衣足食，安身立命多年，但我始終沒當她是我的職業，而是我的志趣。也是我的「有位佳人，在水一方」。我始終為興趣而寫，武俠乃是我的少負奇志，也成了我的千禧遊戲。稿費、版稅、名氣和一切附帶的都是「花紅」和「獎金」，算起來不但一本萬利，有時簡直是無本萬利，當感謝上天的恩賜，俠友的盛情，讓我繼續可以做這盤「無本生意」。我用了那麼多年去寫武俠，其間斷斷續續（例如近五年我就幾乎沒寫多少新稿），但故事多未寫完，例如「四大名捕」故事，但三十幾年來一直有人追看，鍥而不捨，且江山代有知音出，看來我的讀友，不但長情，而且長壽。所以，我是為他們祝願而寫的，為興趣而堅持的。小說，只是茶餘

溫瑞安

飯後事耳；大說，卻是要用一生歷煉去寫的。

我在臺灣推出「武俠文學」系列時，是在一九七六年之後，也陸陸續續、斷斷續續在「長河」、「中時」、「皇冠」、「神州」、「花田」、「天天」、「遠景」、「萬盛」、「晨星」、「獅鷲」等出版社推出多個不同版本，近幾年我的書已沒再在台出版，港臺的版權也完全回到我手裏。我本來也沒打算在近日推出這全新修訂的版本，但後來還是改變了主意。一是讀者的要求：在台不易找到我書，縱眾裏尋他千百度，尋著了也只殘缺不全，我見獨憐；二是因爲陳曉林先生。曉林是我相交近三十載的好友，這還不算，我在相識他之前就與他文章相知，仰慕其爲人。他就是那種「俠客書生」——俠者的風骨，但在現代社會裏只能化身書生議論入世救世的人物。他本身就是大俠廁身於俗世的反映。他是一枝筆舞一片江山，我是得意淡然，失意泰然，在現實裏各自堅持俠道的精神；我跟他有時是相見如冰，有時是相敬如兵，實則是俠道相逢，吞火情懷，相敬如賓。蒙他願意出版，我實在求之不得，榮幸之至。我的作品就是我的孩子。我相信他。我交給他。

時空流傳，金石不滅，收拾懷抱，打點精神。一天笑他三五六七次，百年須笑三萬六千場。武俠於我是「咬定青山不放鬆」；作爲作者的我，當年因敬金庸而慕古龍，始書武俠著演義，已歷經四次成敗起落，人生在我，不過是河裏有冰，冰箱有魚，餘情未了，有緣再續而已矣。

識於二〇〇三年六月四日端午

溫瑞安

說英雄誰是英雄 系列

朝天一棍

第一冊

目錄

第壹卷

他的掌

——人，總是以有限的
生命與無盡的時空搏鬥。

萬山不許一溪奔，
攔得溪聲日夜喧；
到得前頭山腳盡，
堂前溪水出前村。

第一章　怕冷女子

一　心不在焉而在馬

在蘇夢枕、白愁飛命喪風雨樓的當晚，也是「六分半堂」與「金風細雨樓」另一次對決對壘的夜晚，張炭就遇上了一個人。

故人。

◇◇◇

故人有許多種：相識的朋友是故人，深交的舊友是故人，記憶裡的老友也是故人，連死了的友人也是故人。

張炭跟這位「故人」可沒有深交。

可是沒有深交並不等於也沒付出真情。

——你不一定對交得最久的朋友付出最深的感情，是不？

交情，畢竟不是以年歲作算的。

何況，張炭對這位「故人」的「感情」還非常微妙、十分複雜。

其微妙程度到了：自從王小石進入「天泉山」、入了「金風細雨樓」之後，張炭一直神不守舍，似有一個微弱的聲音一直在哀哀呼喚著他。

那是個熟稔而陌生的聲音。

那像是他自己心底裡的聲音。

那是個女子的聲音。

若不是這事分了張炭的心，張炭還真不至於輕易讓溫柔閃撲向白愁飛與王小石、蘇夢枕對壘的場中，以致溫柔一度為白愁飛所制，用以脅持王小石和蘇夢枕。

只不過，到頭來，白愁飛還是沒忍得下心殺掉溫柔。

——這冷傲自負、桀傲不馴的人，大概也對溫柔有點真情吧？

奇怪的是，張炭越來越把持不住了。

雖然大敵當前，端的是一番龍爭虎鬥，但他確是心神彷彿，心不在焉。

心不在焉在那兒？

在馬。

他只想打馬而去。

他甚至能辨別得出，那聲音在那裡（離此不遠）如何急切的呼喚他，而這聲音又對他如何重要（雖然他說不出所以然來），他真想立即騎上一匹快馬，在這哀呼停止之前找到這個人。

但他不能說走就走。

今晚對決的是他的好友、至交、兄弟。

何況犧牲了的蔡水擇，更是他兄弟、至交、好友。

他要為這個兄弟報仇。

說也奇怪，他以前極瞧不起這個兄弟。他覺得自己含辛茹苦，冒風冒霜，為「七大寇」、「桃花社」同時建立起聲名地位，但蔡水擇卻自謀私利、坐享其成。不過，一旦發現他為大義眾利、殺身成仁時，敬意不由而生，甚至那種震佩之意，尤甚於對一般人，使張炭也不禁捫心自問：

一、他是不是一直對蔡水擇都有極深的期許、極大的信任，以致他愈發容忍不了蔡的背棄，而對他有極大至深的誤會，也致使蔡一旦使他不失所望時，他便份外愉悅呢！

二、是否一直以「反方」表現的人，一旦以「正方」姿態出現時，更易令人感動、珍惜呢？

三、這樣說，豈不是一向爲義鞠躬盡瘁的人，還比不上一向作惡但有朝一日忽爾一念向善的人來得可珍可貴？

四、這樣，公平嗎？

不知道。

對想不通的事，張炭應對的方法是：暫時擱下了，不想了。

也許，過些時日，再回想這事的時候，已不成爲問題了。

他不知道這方法也正是王小石應對問題的辦法。

王小石應付解決不了的難題時，就把它寫下來，記下來，放到抽屜裡去，過些日子，再拿出問題來審察，發現大多數的問題，已給解決了。

給什麼解決的？

光陰。

歲月。

時間。

所以說，歲月雖然無情，但卻有義。

◇◇◇◇◇◇

張炭一直要等到「金風細雨樓」裡的風風雨雨告一段落之後：

白愁飛喪生。

蘇夢枕死。

張炭卻不重視這個：

他討厭白愁飛。

他巴不得他死。

他敬重蘇夢枕。

但他跟蘇夢枕卻沒什麼感情。

你對一個很知名也頗敬重的人物，生死反而不像身邊親友來得震撼；是以，人天天幾乎都得悉自己所知的人物夭逝，但都不如得知自己所熟的人歿亡來得感傷。

張炭對蘇夢枕就是這樣子。

等到局面一受（王小石）控後，他即行向唐七味和溫寶說了一聲，馬上打馬而去。

去？

去什麼地方？

他也不知。

他只知有個地方（不遠處）有個人（熟悉的人）在呼喚他。

他就去那兒。

◇◇◇

孤樹。

寂橋。

星燦爛。

在這風大雪小的寒夜裡，河床隱約舖雪，酒旗遠處招曳，還有曖昧溫昵的梅香。

到了這兒，心底裡頭那一種呼喚之聲，可是更斷續而急切了。

（誰在喚我？）

（是誰在呼喚我？）

張炭在發現那呼喚聲竟似來自他內心的同時，正好發現橋墩那兒匍伏著一個人影。

他沒有細慮。

立即過去。

——就像唯恐錯過了一場千里姻緣、萬年約誓一樣。

◇

於是他就真的見到曾在他生命裡十分特殊的人物：

一個女子。

一個曾在「甜山」老林寺裡因特別的因緣際會而致一度「連爲一體」的女子：

無夢女。

「冷啊……」

這是無夢女見著扶她的人，原來是一張半黑半白的俊臉滿佈鬍碴子的張炭後，凍得發白的櫻唇，所吐出來的第一句話。

彷彿，他來了，就可以給她溫暖了。

「他搶走了我的『山字經』，」無夢女頭上和腕上的血原已凝固了，但只不過是動了一動，新的血又湧現流落，「不過……」

她的血好鮮。

好紅。

十分血的血，跟雪光相映分明，份外怵目。

張炭見之心驚。

也心疼。

——心疼是怎麼一種感覺？

心疼是不忍見所愛所惜的事物受到傷害的感受。

無夢女依然怕冷。

傷後的她，更怕寒。

她淒艷一笑。張炭不明白她說的是什麼，說了什麼，他但知道的是：

她右腕已斷。

頭上著了一掌。

要換著旁人，只怕早已香消玉殞。

要命的傷，不在手（但斷腕的傷口卻足以使她流血過多而歿），而在首。

那一擊的確非常要命，使得無夢女的額頂髮際也凹陷了一塊。

但無夢女卻未死。

至少沒馬上死。

——這是什麼原因？

難道是殺她的人手下留了情？

——看又不似。

要是「留情」，就不致一掌拍擊她的「天靈蓋」了。

——難道這女子的頭骨，有特殊抵受重擊的異能？

張炭不敢想那麼多。

也不及細慮。

他先跟她止血。

療傷。

他畢竟是「天機」組織張三爸的義子，對於敷傷止血，慣於行走江湖的人，自有一套。

（誰傷了她？）

（爲什麼要傷她？）

張炭不禁對那傷害這麼一個失意而怕冷女子的兇手，感到莫明的忿恨切齒。

卻聽無夢女悠悠噩噩的又說：「……神君……師父……無情……小侯爺……」

——神君？師父？無情？小侯爺？

張炭瞥見雪地上凝了一大灘的血，不覺也感到一陣寒意。

在他以自身功力灌注入無夢女體內，先護住她心脈之後，寒風一吹，他也不禁覺得很有點瑟縮。

——難道他也怕冷了起來？

忽然，奇特地，他也感到頭痛欲裂起來了。

那感覺就像他也著了一掌。

稿於一九九三年四月二日：沈先生信（一）《驚豔一槍》、《一怒拔劍》已發排；（二）《布衣神相》版權查究；（三）爭取推出《大宗師》系列；（四）各地盜版出籠；（五）《93中國書市預測》全書二十餘次報刊發表；（六）人民日報刊出新業齋之《今年廣州圖書市場預測》特別推重我作品；（七）「長江文藝」出版《七大寇》；（八）友誼要推出《淒慘的刀口》、《刀叢裡的詩》；（九）《殺楚》將再版發行，並加印加版稅；（十）中國友誼已擬為九四年推出我新書作宣傳及準備；（十一）慶均兄已公佈我在港信箱予詢及之讀者群；（十二）轉來美容院女讀者來札。陳三旋風前來取《綠髮》稿。舌瘡煩。梁大鑊愚人節玩出火。萬聲影視欲拍「小雪初晴」／三日：吳源祥欲拍大陸廣州播映「今之俠者」映帶。

校於九三年四月四日至五日：「五虎將」拜祭父母；鬍鬚貓灼傷我手；傷趾傷舌；馮時能入FAX／六日：李榮德欲邀我為「中國武俠小說學會」理事；北京批准成立「中國武俠小說學會」；中國籌辦《中國武俠

小說雜誌》；江蘇文藝出版社代表與江蘇省出版局議定「溫瑞安武俠小說獎事」；陳三旋風辦聯絡訪問事；太古商場「頭鐘鐘」炮製掃興遊。

第二章　一張弓和三支箭

一　紅樓夢魘青樓怨

人已散去。

王小石重掌風雨樓。

也不知怎的，他卻沒有成就、勝利、意興風發的感覺。

他只覺一片凄然。

還有悃然。

要不他眼下還有當務之急，他真想從此撒手不理：

但這是蘇大哥的基業——

他要保住它。

發揚它。

風雨樓。

曾經風風雨雨，而今仍是，獨峙京師武林的「金風細雨樓」！

曾經樓起，曾經樓塌，但樓仍是樓，誰也抹煞不了這數十年來它在動亂江湖中無以取代，傲視同儕的貢獻與地位，權威與氣派！

風雨樓：風風雨雨的一座樓！

◇◇◇

王小石的悵惘不僅是對歷史的煙雨樓台萬千感慨，也對人事變遷無限追迴。

乃至於對到底不識愁滋味的溫柔（白愁飛的死，溫柔是最傷心的了，她始終不知白愁飛對她做過什麼事——也許不知道，就是一種莫大的幸福），以及完全不可捉摸的雷純（對王小石而言，她既是恩人：不是她配合率同蘇樓主攻入「金風細雨樓」，王小石此役必凶多吉少；但如不是她意圖箝制蘇大哥，蘇夢枕也絕不會自求一死：這使得她又成爲王小石的仇人），他都有一極爲深刻難以言詮的迷思。

但此際，他都得把一切困惑暫時放下來。

因爲他有急務亟需解決。

有大事要做。

因爲他是領袖。

京城裡第一大幫（「金風細雨樓」已與「象鼻塔」合一，此際在聲勢、實力上，絕對是城裡第一大幫會）的首領。

◇◇◇

首領該怎麼當？

人人都有不同的說法，有的說：要有魅力；有的說：要有人緣；有的說要有勇氣，有的說要有骨氣；有人認爲得不怕殺頭；有人認爲要有靠山；有的要武功好；有的講智謀高；都莫衷一是，人人說法不同。

但當領袖的，首先得要有肩膊：敢擔當。

當然，不管怎麼說，天下間還是有太多的「領袖」沒有「肩膀」、不敢「擔當」，不過，作爲一個真正的好領袖，首要的還是得要有承擔責任的勇氣。要做大事，若連面對擔待的勇色也付諸闕如，那一定是個誤人誤己的「領袖」。

其至連「嘍囉」都不如。

王小石現刻，就在擔當一件事。大事。

——而且是要命的大事。

王小石正在「紅樓」。

對他而言，紅樓是一場夢魘。

青樓是一闕怨曲。
而今青樓已毀……
只剩紅樓和當年的夢。
——只是而今夢醒未？

◇◇◇

未？
人生本就是一場夢。
不死不休的夢。
至少，是一日不死、一日不休。
因而，王小石正在開會。

◇◇◇

開會的目的很簡單。

「唐寶牛和方恨少因爲毆打天子和宰相，明天就要押瓦子巷前市口斬首，我們該怎麼辦？」

——「怎麼辦」的意思就是：不是該不該救他們（因爲一定應該），而是要不要、能不能救他們？

開會還有另一個重大論題：

「蘇樓主死了，白愁飛也死了，『象鼻塔』與『金風細雨樓』兩大勢力合併，勢所必然，如果現在爲了出兵去救唐、方二人，會不會壞了大事？砸了大好形勢？著了蔡京的陰謀？中了雷純之計？」

——這本來就是京城兩大勢力大整合期間，而兩大幫派實力都聽命於王小石，王小石應抓緊這千載難逢的時機，去鞏固俠道實力，壯大成一股足可「外抗敵寇，內除奸惡」的力量才是。

與會的人都很沉重。

因爲無論決定是什麼，都有犧牲的成份：

救唐、方：就得犧牲不少兄弟的性命，還有「金風細雨樓」及「象鼻塔」的大好前程。

不救方、唐：會給江湖人唾爲不義，而且，就算武林人士能夠諒解，「風雨樓」和「象鼻塔」的眾兄弟們自己心裡頭也過不了自己這一關！

怪只怪方恨少和唐寶牛爲何要在這節骨眼上，幹出這等荒唐事來！

但話說回來：唐寶牛與方恨少這一番按著人揍，揪著人擂，卻是大快江湖好漢心，人人拍案叫絕的逞意事！

怪得了誰？

怨得了那個？

那個不表態的，都可能成爲日後正道武林的罪人。

同樣的，那個表示態度的，也一樣可能成爲他日江湖中予人詈罵的不義之徒。

但總是要擔當。

總要有人擔當。

——江湖好漢，尤其是要擔當。

與會的人雖不多，但都經精挑細選，而且，都極爲重要（無論是在「象鼻塔」還是「風雨樓」），極受信重，極有代表性。

其中包括何小河。

王小石仍信任她，仍待她當自己人，依然邀她參與極高機密的會議，她極爲錯愕。

幾乎有點不敢置信。

王小石卻只是問了她一句：「妳已還清雷姑娘的情未？」

何小河答：「還清了。」

王小石再問了她一句：「妳還當自己是不是『象鼻塔』的人？」

這次何小河沒答。

她（眼眶汪著淚盈）咬著唇反問：「——不知道還有沒有兄弟姊妹當我是自己人？」

「既然是兄弟姊妹，怎麼不是自己人，說笑了！」王小石啐道，攬著何小河的肩把她推擁直上紅樓專開重大會議的「高雲軒」：「快來開會，給我意見，否則才是見外呢！」

你說，遇上這樣的王小石，你能怎麼辦？他對你推心置腹，你總不能狼心狗肺；他跟你肝膽相照，你願不願意死心塌地？

何小河在生死關頭，重要關鍵，毫不客氣的射了他一箭。箭傷的血還未全凝呢。

他卻已把對方當作心腹，渾忘了發生過的事、傷過他那一箭，只把精力集中在：

一、要不要營救唐寶牛、方恨少？

二、如何營救方恨少、唐寶牛？

三、營救方、唐後的善後工作。

四、如何穩住並壯大風雨樓和象鼻塔合併後而恰又遇上方唐事件的衝擊。

「我知道，做大事不拘小節；」何小河仍百般不放心的問，「可是，你真的不恨我暗算你？不記這個仇？」

「妳暗算過我麼？妳只是爲了報恩。而且，我和白老二都各自著了一箭，公平得很。一個人要是連『暗算』人時都講究公不公平，想來『奸極有限』。」王小石笑道，「也許我也有恚怒。只不過，我這個人，生氣得快，生氣得容易，這口氣消得也越快越容易——有什麼仇恨有必要讓它記住一輩子來折磨你自己一生一世的？嗯？」

◇◇◇

遇上這人她沒辦法。

至少何小河是全沒了辦法。

二　開會

誰都開過會，不管古代或現代，都一樣有會開、有開會、有人開會，而開會通常只有兩個理由：

一、解決問題。

二、逃避問題。

有些會議，是用作拖延、避免某些事或避免某個問題的託辭。

有的會議，永遠議而不決。無論再開十次八次會，再開十年八載會議，會照開，議照樣未決，問題仍然是問題。

故此，有些會議，旨在浪費時間、聯絡感情、人事鬥爭或顯示權威，不是真的會議，或者，根本沒必要開會。

「金風細雨樓」是京城第一大幫派，諸事繁多，自不允許像蔡京常在朝中召開什麼國事大會一般，其實只是歌功頌德、相互諂媚、虛飾浮華、吃喝玩樂一番算數。

蘇夢枕主掌「風雨樓」會議的時候，一早在時間上設限。

時間一到，他便停止會議。

無論多重要、重大的事，時限一至，便只下決定，不再作空泛討論。要是遇要事而負責的人沒及時提報，後果自負：要知道，蘇夢枕向來「賞罰森嚴」，這點還真沒人敢於輕犯的。

所以大家給這「設限」一促之下，自然會有話快說、有事快報、有議快決的了。

就算時間未到，只要旁人瑣語閒話連篇，蘇夢枕立即做一件事：

呻吟。

他一向多病。

體弱。

他最「豐富」也最「有權」的時候，一身竟有二十七種病，樹大夫無時無刻不在身邊人侍候著他。

是以，他只要一呻吟，大家就會感到一種「浪費這病重的人殘存的歲月時光的罪過」，趕忙結束無聊的話題，立即產生結論，馬上結束會議。

白愁飛則不然。

他冷。

且傲。

他不像蘇夢枕。

蘇夢枕是寒。

但他內心裡並不激烈。

而且還相當溫和。

白愁飛則沒人敢對他說些不著邊際的話。

他講求的是紀律。

他甚至會要人站著開會。

——坐著，讓人鬆弛下來；站著，話就簡煉得多了。

他認爲不必要聽的，就會立即打斷別人的話，甚至在必要的時候，他也不排除拗斷對方的頭等等手段。

時間便是人的一生。

他絕不容人浪費他的時間。

王小石又不同。

他無所謂。

他認爲：浪費時間、和不浪費時間，都是一生。只要浪費得開心，「浪費」得

「有意思」，「浪費」一些又何妨？

他覺得：珍惜時間如雷損，死了；把握時間的蘇夢枕，也死了；絕不肯浪費時間的白愁飛，也一樣死了——再珍惜時間，到頭來仍然一死；死了之後，什麼時間都是假的，也無所謂浪費不浪費了。

所以，他開會很講究情調、氣氛，甚至有說有笑、不著邊際，不過，這些在最輕鬆時候大家有心無意的話兒，他都會記住，當作是參考意見，一旦要決定的時候，他只找內圍熟悉的幾個人來開會，有時候，甚至不召開會議，已下決定。

——重要是決定，不是會議；會議本就是爲了決定而開的，只不過，會開到頭來，會開多了，有些人已本末倒置，忘了開會的主旨和意義了。

不過，此際這關節眼上，他就必要開會。

他找了幾個關鍵性的人物來開會。

◇◇◇

——明天要不要救方恨少與唐寶牛？

「救！」梁阿牛爽快俐落的說，他最能代表主張「全力營救」這一派人的意見，「兄弟手足落難，見死不救，我們還是人麼？日後再在江湖上行走，也不怕人笑話麼！」

「不是不救，問題要怎麼救？」溫寶嘻嘻笑著，全場以他為最輕鬆，但說的話卻是最慎重，「現在，離當街處斬只有三、四個時辰的時間，咱們如何部署？象鼻塔與風雨樓剛剛合併，蘇樓主和白愁飛屍骨未寒，王塔主氣未喘定、軍心未穩，以現在的實力要跟朝廷禁軍、大內高手打硬仗，值不值？成不成？能不能？」

「我救，但王小石不要去。」朱小腰的意見又代表了另一大票人的意思，「他不去，我們就可當作是個別行動論，罪不致牽連塔中、樓裡；萬一功敗垂成，只要小石頭在，群龍有首，也可不傷元氣、保住實力。」

「如果營救方、唐，王塔主不出手，只怕難有希望；」唐七昧又回復了他的森森冷冷，寒浸浸的語音說出了許多人的顧慮，「王小石要是去了，只怕也是凶多吉少。蔡京老奸巨猾，早不斬人，遲不斫人，偏選這時候，就是要咱們氣勢未聚、基業未固，打箇我們措手不及。」

王小石在聽。

很仔細的聆聽。

然後他問：

「有沒有兩全其美的辦法？」

——問題很簡單：若救，王小石得要親自出手，這一來，救不救得成，尚未可知，但卻必予朝廷口實，徹底剷除「金風細雨樓」和「象鼻塔」的方興勢力。如果王小石袖手不理，當給目爲見死不救，貽笑天下，成爲不義之人，聲譽亦大受影響。

大家都搖搖首。

王小石凝注楊無邪：

「我想聽聽你的意見。」

楊無邪滿臉的皺紋就像佈在眼前的一道道防線，但眼神卻是清亮、伶俐的：

「你要聽真話？還是假話？」

王小石道：「這時候還聽假話？還有人說假話？你會說假話？」

楊無邪道：「假話易討人歡心，你若要我說，我自會說。真話只有三個字：不要去！」

王小石：「爲什麼？」

楊無邪：「你是聰明人，原因你比我更清楚，問題只在你做不做得到。」

王小石嘆息：「你的話是對的，問題只在：我做不做得到！」

楊無邪：「做大事的人，要心狠，要手辣，你心夠不夠狠？手夠不夠辣？」

王小石：「我不是做大事的人，我只求做些該做的事。」

無邪：「俠者是有所爲，智者是有所不爲——關鍵是在你能不能在這時候無爲？」

王小石沉思再三，毅然道：「不能。」

楊無邪峻然：「不能，你還問什麼意見？」

王小石仍執禮甚恭：「我想去，也必要去，但又不想牽累塔子裡樓子裡，不想把這大好局面，因我之言行而一氣打散。你可有良策？」

這次輪到楊無邪一再沉吟，最後說：「除非……」

王小石急切的問：「除非什麼？」

楊無邪道：「我不便說。說了也怕你誤解我意。」

王小石當衆人前深深向他一揖：「小石在此衷心向楊先生請示、問計，並深知良謀傷人、猛藥傷元，小石決不在得到啓悟後歸咎獻策之人，或怨責定計一事，請先生信我教我，指示我一條明路。先生甘冒大不韙，授我明計，這點小石是常銘五中，永誌不忘，此恩不負的。」

王小石以兩大幫會首領之尊，向楊無邪如此殷殷求教。

楊無邪依然沉吟不語。

要是唐寶牛在場，一定會拍桌子拍椅子拍（自己和他人的）屁股指對方鼻子（或者眼睛舌頭喉核牙齒不等）大罵了起來。

可惜他不在。

若是方恨少在，他不一定會罵，但一定會引經（雖多引錯經文）據典（也多據錯了典故）來冷諷熱嘲一番。

可是他不在。

只朱小腰冷哂道：「你別迫他了。我看他搔斷了白髮也想不出來。」

「這算是激將法？」楊無邪只一笑，然後向王小石肅容道：

「我的辦法，是沒有辦法中的辦法。你用了我的計，或許可保象鼻塔和風雨樓一時不墜，但卻可能使你他日走投無路，墮入萬劫不復之境。」

王小石苦笑，摸摸自己的上唇，「看來，我真該蓄鬚了。」

此時此境，他居然想起「蓄鬚」這種事來。

這可連楊無邪也怔了一怔：「蓄鬚……？」

「我人中太淺，怕沒有後福，先師曾教我留鬍子，可擋一擋災煞……」王小石說罷，又向楊無邪深深一福：「無論小石結果如何，小石今晚都要誠心求教，請先生明示道理。」

楊無邪深深吸了一口氣，悠悠的道：「也不一定就沒好下場，只是往後的事，得看因緣際會，人心天意了。」

然後他才說：「你要先找到一位德高望重、能孚眾望的人……」

說到這裡，他忽爾欲言而止，環視眾人，巡逡一遍，之後才一個字、一個字的說：「來取代你！」

眾人一聽，自是一愣，只見楊無邪銳利的眼神自深折的眼瞼中寒光般掃視了大家一遍，在場人人都有給刀鋒刷過的感覺。

「只是，這兒，無一人有此能耐……」楊無邪嘿的一聲，也不知是笑，還是嘆息，加了一句：「自然也包括我在內。」

這時候，啇生石等人傳報：張炭回來了。

抱著個昏迷不醒垂危的少女回來。

三　會議

一個時辰之後，會議在爭論中下了決定，王小石跟溫寶、楊無邪、何小河即行趕赴三處，並安排由唐七昧、梁阿牛等鎮守「金風細雨樓」，朱小腰、朱大塊兒等人是守在「象鼻塔」，以防萬一，便於呼應。

唐七昧絕對是個慎言慎行、高深莫測的將材，有他固守「風雨樓」，至少可保一時之平靜。

朱小腰聰敏機智，雖然今晚她總是有點迷迷惚惚，但暫由她率領大夥駐守「象鼻塔」，也可應付一切突變。她此際還出去走了一趟，手上帶著鎩冥蠟燭，回來時眼略浮腫，像是哭過了兩三回。

梁阿牛和朱大塊兒則是「實力派人物」。他們都能打。

王小石帶去的，則是「象鼻塔」和「金風細雨樓」的重將。

溫寶是個把微言深義盡化於戲謔中的人。

楊無邪一向是「風雨樓」的智囊。

王小石在這緊張關頭，有所行動，必然重大重要，他把何小河也一起找去，不計前嫌，更令何小河感動莫名。

他們先去一個地方。

「發黨花府」。

他們夤夜請出了花枯發。

花枯發欠了王小石的情。王小石來請他出馬，他就一定赴會。

然後去另一個地方：

「夢黨溫宅」。

他們也請動了溫夢成。

溫夢成也欠王小石的人情。王小石既提出要求，他就一定赴約。

之後他們就一齊去一個地方——

「神侯府」。

◇◇◇

必經黃褲大道，北座三合樓，南望瓦子巷，往通痛苦街，街尾轉入苦痛巷。

「諸葛神侯府」，名動天下，就座落在那兒，既不怎麼金碧煇煌，也不太豪華寬敞，只有點古，有點舊，以及極有點氣派。

◇◇◇

這一天，神侯府裡，卻傳出了爭論之聲。

事緣於王小石帶同楊無邪、何小河、溫寶、花枯發、溫夢成一起去見諸葛先生。

諸葛先生馬上聯同哥舒嬾殘、大石公在「李下瓜田閣」接見他們。

事實上，諸葛先生和四大名捕也十分留意今晚「六分半堂」與「金風細雨樓」在「天泉山」一帶的調動。

——果然出事了。

是夜京師風雲色變。

不過，對於王小石在「動亂」才剛告平定後，即子夜來訪（還帶了「發夢二黨」的黨魁來！），也感到詫異。

這一次，四大名捕沒有參與會議。

可是，無情、鐵手、追命、冷血都齊集了。

他們都明白王小石的處境。

他們都知道方恨少、唐寶牛的事情。

他們就在「李下瓜田閣」隔壁的「文盲軒」議事：怎麼才能幫王小石救助唐寶牛和方恨少。

——他們是公差，當然不便直接插手劫法場的事。

以公論公，他們不把劫犯的人逮捕正法，已有失職守了。

不過，唐、方二人打的是皇帝、丞相，雖然荒唐了一些，但方、唐二人做的正是大快天下人心的事，打的也是天底下最該打的人。

在這一點上，方、唐不但不該受到懲罰，甚至應該得到獎賞才對。

這當然是不可能的事。

而今，這般公開押二人在街市口斬首，分明另有目的。

這一定是蔡京在幕後策動。

——尤其如此，自己等人一切舉措，更要小心翼翼，不致著了蔡京的計，還連累了諸葛世叔的一世英名。

他們當然也不能坐視不理。

但也的確束手無策，愛莫能助。

他們只想站在「道義」的立場，在「合法」的情況下，作出幫忙。

正討論期間，他們聽到一些對話（他們都無心要聽，也不會刻意去聽，但有時候有些對話，仍斷斷續續傳到他們聽辨能力極高的耳中，但常無頭無尾，難知其詳）：

◇◇◇

「……我知道世叔府上近日有這樣一位來客……我們想——」（那是王小石的聲音）。

「什麼!?」（這是花枯發和溫夢成一齊脫口喊道）。

「你們真的要找他？」（諸葛先生微詫的語音）。

「迫不得已。」（這四個字說得很沉重，也很有力，是楊無邪說的）。

……

（接下來的，好一會都聽不清楚，當然他們也沒仔細去聽）。

（但由於剛才所聽得的對話引起了濃烈的好奇心，所以，四人都難以自抑的偶爾去「留意」「李下瓜田閣」的談話內容。）

不過，不是常常都聽得見。

而是大多數時候都聽不到什麼。

◇◇◇

「——最好還是不要採取行動……」（諸葛先生）

「……我是迫不得已，也只有這樣了。」（王小石）

「蔡京就等你這樣！你這樣做會牽連『象鼻塔』和『風雨樓』以及『發夢二黨』的好漢們的！」（諸葛）

「我就怕連累……所以請師叔配合……」（王小石）

「嗯，這或許可以……但你得有一段時候……一有遇合，我當會盡力爲你想點辦法……」（諸葛）

「——謝謝師叔！」（王小石）

（謝什麼？）

這時候，四位名捕，都可以說是好奇心達到了無以復加的地步。

但往後的，又聽不清楚了。

第三次的對話，更短、更少、更促。

「你跟他可是相識的麼？」（諸葛）

「我在逃亡的時候，曾有幸結識他，並蒙他義助，逃過了虎尾溪一帶的伏襲……」（王小石）

「哦，原來是故人，那就好辦些了……」

「我還要跟師叔借一樣事物。」

「說。」

「一張弓，三支箭。」王小石說：「一張射日神弓，三支追日神箭。」

這時候，語音已十分清晰。

清晰的主因是：諸葛先生已跟王小石緩步行了出來。

值得注意的：是諸葛先生和王小石，兩個人，其他的人仍留在「李下瓜田閣」，沒出來。

他們經過「文盲軒」。

四大名捕立即稽首招呼。

諸葛微微頷首，左眉軒動三次，嘴唇微微一牽，他的左手輕觸右耳，他的耳珠又潤又厚，既長且白。

王小石也把拳還禮。

他們沒有說話。

四位名捕就眼看著這師叔侄二人，走過「文盲軒」，走向「神侯府」的另一貴賓住處：「六月飛霜小築」去。

◇◇◇

他倆到那兒去做什麼？

四位名捕有些猜著了，有些猜了也不知著不著，有些人猜著了但不明白，有位明白了但猜不著。

他們只好繼續商議：

議定如何助群俠「一臂之力」，營救唐寶牛二人。

法規不一定合理。

合理的不一定就是法律。

四名捕份外感到「法理難全」的矛盾，甚至「情理兩難容」的痛苦。

就在大家討論乃至爭論之時，忽然，一道影子，自軒前急掠而過、一閃而逝。

四捕目光何等之速，已認得出那身影：

王小石！

——他肩背上似乎還掛了樣事物。

◇◇◇

幾乎是在同一時間，「六月飛霜小築」只聞有人大喊：

「不好了，不好了，有人暗殺先生哪！」

稿於一九九三年四月七日：琁姑勸我接受另一訪談；欠安；某以我文大事廣告；獲「茶色爆炸」、「台灣牌」、「瞇瞇眼」、「老婆餅」、「幻彩光束」等水晶、奇石／八日：敦煌調款事成；決意寫「說英雄•

誰是英雄」第六部《群龍之首》；電榮教論評，麒電傳致謝／九日：溫巨俠、羅蔥頭、于晴、梁四公子、何五姑娘、吳麒、吳榮聚唱：「我要笑」、「你說過」，籌辦座談會事務；成稿「自成一派一號序」：「雙吳會」；推理雜誌統計提及我作品；「公開發火事件」／十日：「小氣誤大事」嚴重後遺症；決辦座談會，奮鬥到底；得「鎮山之寶」、「甜甜糕」、瑪瑙石掛牌、「內裡乾坤」、深茶色水晶原石托等奇岩寶物；「雙吳變」。

校於四月十一日：「說英雄大會——刀、劍、槍、箭討論」：孫益華、何家和、梁應鐘、羅倩慧、張炭、陳偉雄、詹漢威、陳心怡、吳仲麒、傅瑞霖、陳綺梅、黃有輝、梁淑儀、黃偉利、陳琁、舒俠舞等十六人中午激論至子夜，精采紛呈、激烈過癮；為「自成一派」春節文學筆試頒獎寫序；何羅出版「春節文學筆試特輯」；與衍澤達成重要默契；內憂外患，談笑消解／十二日：派內大整合；擬辦「刀劍槍箭逆水寒座談會」／十三日：懷新先生力邀合作出版大業；港某大公司誠邀共圖大計；食於印度皇室咖哩；社內人事大變遷，一新耳目／十四日：金摩利「傻傻」歿；大打出手；派內大地震／十五日：「『說英雄』系列愛之問卷」甚有趣；歡聚大食於竹家莊；與方當年紀念日；得悉（李勃白）上海以「台龍」之名翻印《驚豔一槍》、以諸葛青雲之名盜版《一怒拔劍》；馮永、郭隆生來札；「自成一派」新決定、大取向。

第三章　今晨有霧

一　會談

今晨有霧。

霧濃。

霧濃得打噴嚏時也驚不走離鼻尖兩寸的乳粉狀的粒點，打呵欠時卻像吸進了一團濕了的棉花。

皇宮內也氤氳著霧，只不過，霧氣在雕龍畫鳳、漆金鑲銀的牆垣花木間，映得帶有一點兒慘青。

這一天，蔡京起了個大早。

他平時可不會起那麼早、也不必起得這麼早。

主要原因是：沒有原因可以使他早起。

——天子絕對比他晚起，有時，甚至乾脆不起床，在龍榻上胡天胡帝就胡混了一天算數。

比起皇帝來，他這個丞相算是夠勤力勤奮、任勞任怨的了。

說起來，他昨天在兩個未開苞的姑娘兒身上花了不少精力，但仍得一早起了床。

因爲今天是個特殊的日子。

也是個重大的日子。

◇◇◇

說起「任勞任怨」，任勞和任怨就真的來了。

他們已在外邊苦候許久了。

蔡京接見了他們。

他帶同多指頭陀、天下第七，以及他自己兩個兒子，一齊接見任勞任怨，還有「天盟」盟主張初放，「落英山莊」莊主葉博識。

他在聽他們經徹宵不眠查訪而得的報告。

任勞詳細報告昨晚「六分半堂」與「金風細雨樓」一戰的情形，到最後的結果，自是：白愁飛死，蘇夢枕歿，雷純退走，王小石成了「風雨樓」的樓主和「象鼻塔」的塔主。

蔡京聽得很仔細。

他聽了，臉上，既沒有流露出滿意的神情，也沒有不滿意。

他只是淡淡的說：「王小石？他好威風！不過，我看他這樓主、塔主什麼的，有一天半日好當，已足可上香還願了。」

然後他又問起「象鼻塔」和「發夢二黨」及「金風細雨樓」的人，昨天可有什麼異動。

這回是張初放提報。

他派了不少「天盟」弟子，徹夜監視這三方面的人，得回來主要的結果是：

昨晚，「風雨樓」顯然終宵會議，「象鼻塔」人手有大調度，且調動都頻密而急。

王小石曾赴「發黨花府」和「夢黨溫宅」那兒，還請出了兩黨黨魁。

蔡京聽了，就嘴邊浮現了一點、一點點、才一點點的滿意笑容，然後才問：

「他們之後去了那兒？」

這回到「落英山莊」莊主葉博識回答：

「神侯府。」

蔡京捫鬍而笑，頷首慈和的道：「他去找諸葛？那就對了。」

葉博識銳聲哼道：「敢情王小石一定向諸葛老兒請救兵！」

蔡京瞇著眼笑道：「是諸葛先生，或叫諸葛正我、諸葛小花也無妨。」

葉博識堅持（討好）說：「我討厭這個虛僞的諸葛老不死，所以才這樣叫他！」

蔡京再次笑著更正：「是諸葛先生。不要叫外號，更不要給他一大堆難聽的綽號。要鬥一個人，不必從名號上著手，那太幼稚。要鬥他，把他失驚無神、猝不及防的鬥死掉，最好抄家滅族，才算是贏。咱們不鬥這種傷不了人氣不死人的小玩意。」

葉博識怔了一怔，這才欠身道：「是。博識識淺，受教銘記。但諸葛這等什麼小丑，那是相爺對手，授首是遲早的事！」他說話時仍有傲慢之色。

蔡京微笑問：「後來呢？」

葉博識一愣：「後來……？」

蔡京耐心的問：「王小石進入神侯府之後呢？」

葉博識赧然道：「那我……我就沒跟進這件事。我以爲他們……王小石既然躲入了神侯府，就像烏龜縮進了殼裡，一時三刻，只怕都不會——」

蔡京笑了。

他一笑，葉博識只覺不寒而慄，身子也簌簌顫抖起來。

「後來的下文還精采著呢！」他轉過頭去問多指頭陀：「你且說說看。」

「是！」多指頭陀恭聲躬身道：「兩個時辰前，『神侯府』裡傳出王小石刺殺諸葛先生的消息，聽說還劫走了『射日神弩』和三支神箭。」

葉博識張大了口，震詫莫已，事情發展，完全不在他意料之中。

蔡京悠悠地笑了，他悠悠地問：「諸葛先生好像不是第一次遭人刺殺了。」

多指頭陀道：「上次他堅稱爲人刺殺，面奏聖上，誣栽是相爺指使。」

蔡京幽幽地道：「王小石好像也不是第一次刺殺人了。」

多指頭陀道：「上次他恰好據說也是刺殺諸葛先生，結果死的是傅宗書。」

蔡京彈指、掀盅，呷了一口茶，「真正的聰明人是一計不用二遭的。」

多指頭陀道：「不過，這次諸葛先生和王小石好像把舊策重用上了。」

蔡京放下了茶盅，「所以，就算是舊酒新瓶，箇中也必有新意。」

多指頭陀道：「諸葛多詐，惟相爺料敵機先。」

蔡京漫然側首問：「攸兒。」

蔡攸連忙應道：「父親。」

蔡京道：「說說看原本今天諸葛神侯應該在那裡？」

蔡鯈忙道：「諸葛小花今天原要侍同聖上到太廟祭祀上香的。」

蔡京「嗯」了一聲，睨了葉博識一眼：「可知道聖上身邊，高手如雲，為何偏選諸葛正我侍行太廟？」

葉博識茫然。

多指頭陀忙稽首道：「太師神機，願聞妙意。」

蔡京淡淡地道：「是我向皇上一再保奏，近日京師不太平靜，聖上若要移駕太廟，應召京內第一高手諸葛侍奉在側，這才安全。」

蔡鯈在旁，把話頭接了下去：「萬歲爺聽了，還大讚爹爹相忍為國，相重護君，了無私心，果是廟堂大器呢！」

蔡京白了蔡鯈一眼。

蔡鯈馬上不敢再說話。

蔡京反而問：「知道我為什麼這樣做？」

「這……」蔡鯈張口結舌了一會兒，「這我就不懂了。諸葛正我，其實何能何德？他能保得住聖上，不是全仗爹您。」

多指頭陀則說：「天質愚鈍，不敢亂猜。」

蔡京笑了起來，「你這一說，就是心裡有了個譜兒了，且說來聽聽。」

多指頭陀這才抬頭，雙目神光一厲，「今天京師武林有大事，諸葛越是遠離京師，越難調度。」

蔡京輕輕瞄了他一眼，只說了一個字：「對。」

然後又吩咐：「說下去。」

多指頭陀略呈猶豫：「這個……」

蔡京不耐煩的道：「你盡說無妨。」

多指頭陀這才領命的說：「諸葛若不去，那是抗旨，重可致罪問斬；要是他遭狙擊，大可稱負傷不能侍聖，則仍能留在京師，幕後操縱一切。」

蔡京哈哈一笑，得意地道：「諸葛小花這隻老狐狸，真是愈老愈精明了。」

然後，他望向任怨。

任怨這時才說：「一個時辰之前，諸葛先生身上敷著傷裹，通過一爺，進入宮裡，只待聖上醒後，即行求面聖稟告遇刺之事。」

蔡京哈哈大笑，狀甚得意：「這老不死可愈來愈會做戲了。」

他猜中估著，因為對手是如此高人，也不由得他不興奮起來，倒一時忘了他剛才說過不在背後罵人綽號的事了。

葉博識則自這時候起，直至散會，都不敢再抬起頭來。

蔡京笑容一斂，向多指頭陀道：「今天的事，仍交由你打點。我們要在一天內，瓦解武林中與我爲敵的敗類逆賊！」

多指頭陀精神抖擻：「遵命。」

蔡京遊目又問：「『有橋集團』那兒有什麼風吹草動麼？」

這一句，誰也沒答。

誰也答不出來。

只有任怨開了聲：「以卑職觀察所得：他們行蹤詭秘，但肯定必十分注意今天事態的發展。」

「這個當然了。」蔡京哼聲道，「老的少的，等這一天，都等好久嘍。」

他瞇著眼像困住眼裡兩條劍龍，「反正，今天刑場，就由老的少的來監斬。」

任怨忽道：「卑職還有一個想法。」

蔡京無疑十分器重任怨，即問：「儘說無妨。」

他喜歡找一些人來，聽聽（但未必採納）他們的意見（和讚美），然後，順此觀察身邊所用的人，是否忠心、能否付予重任、是不是要立即剷除……

對他而言，會談的結果不一定很重要（他往往已早有定案），但過程卻很好玩、很刺激，很有意思。

任怨這才說出意見：「我看，『八大刀王』對方侯爺十分唯命是從，只怕對相爺您的效忠之心……」

他沒說下去。

蔡京當然聽得懂。

有些話是不必明說的。

有些話也不是光用耳朵聽的。

在這些人裡，任怨的話一向說得很少，但所說的都非常重要，另外，一個人幾乎完全不說話，那就是天下第七，無論他說不說話，他在那兒，他站在那一邊，都有舉足輕重的份量。

「知道了。」蔡京聽了，不動聲色，只吩咐道：「咱們今天先回『別野別墅』。」

忽爾，他好像特別關注慰藉的垂詢葉博識：「聽說，你的叔父是葉雲滅嗎？」

葉博識身膊一顫，跪了下去，搗蒜泥似的猛叩頭：「相爺降罪，相爺恕罪，葉神油確是小人叔父，但多年沒相處交往，小人一時忘了向相爺稟報，疏忽大意，確屬無心，求相爺大人大量……」

蔡京笑了，叫左右扶住了幾乎失了常的葉博識，含笑溫和的說：「你慌什麼？我又沒怪你。我只要你即傳他來……也許，今日京師多事，他武功高強，若論拳法，當世難有匹比，除非是李柳趙翻生，或可較量，他正可助我一把，說不定……」

葉博識的冷汗熱汗，這才開始掛落下來。

「霧真大啊……」

蔡京負手望窗。

很詩意。

看來，他又想吟一首詩，作一幅畫，或寫一手快意酣暢的好字……

◇◇◇

或許，有時候，上天既交給你一張白紙，你就得以你最喜歡和最能代表你的字或畫，去塡好它，而且，除非你要故意留白，否則便應當珍惜每一空間，浪費了是對自己作孽。

蔡京就是這樣。

他是這樣的人。
殺人寫好詩。
流血如書畫。
今日，今晨，京華果真霧濃。
霧重。
霧大。
一切都看不分明。
城中，只怕許多人猶未睡醒，猶在夢中吧？
——只是而今夢醒未？

二　不醒之醉

晨。

有霧。

老公一直在剝花生、嚼花生。

「卜」的一聲，那種像咬啐生命的聲音，他極喜歡聽到，而且還是來自他嘴裡、齒間。

雖然，他知道吃花生會帶來壞運氣的，縱不然，嘴角腮邊也會長痘瘡；可是他就是喜歡吃，戒不了。

到後來，既然戒不了，他也就不戒了。

正如喝酒一樣。

醉鄉路是一種好的感覺。

「醉鄉路穩宜頻到，此外不堪行。」

他甚至希望能有不醒之醉。

由於戒不了花生和酒，他索性用他貫有的觀察力，去「發明」了一套理論：

許多喝酒、酗酒的人，會早死、暴斃，但滴酒不沾的人，也一樣有暴歿、早夭，所以，身體好不好，不關飲酒的事。

所以，他爲何不飲酒？今朝有酒今朝醉，他是個太監，已失去了有花當擷直須擷的機會了，難道連喝幾盅水酒也要強加節制不成？

不。

人只有一生。

他這一生可不是只在受苦受過受罪中度過的。

今晨，他穿上內廷的官服，戴冠披紗，更顯得他濃眉白髮，紅臉白髯，不怒而威，長相莊嚴。

今天是重要的日子。

但他仍喝酒。

依然吃花生。

因爲他心裡有一團火。

一團澆不熄的火。

世上很少人能澆熄他心中這團火。

很少。

但不是沒有。

方應看——方小侯爺就是一個。

今天他也要來。

他是非來不可。

因爲蔡京向天子請命，下詔要他和方小侯爺監斬方恨少、唐寶牛——唐、方二人是江湖中人，而自己和方侯爺也是武林出身，正好「以武林制武林」、「以江湖治江湖」，合乎身份法理。

嘿。

（蔡京是要我們當惡人。）

（而且還是得罪天下雄豪的大惡人。）

（萬一出了箇什麼事，這黑鍋還得全揹上身！）

（幸好揹此黑鍋的不止他一個！）

（還有方應看！）

方應看果然來了。

奇怪的是，他今回不穿他慣穿的白色袍子，而換上一身絢麗奪目驚麗眩人的紅袍，用黑色的布帶圍腰繫緊。

他也是今天菜市口的副監斬官。

雖然他們兩人都知道，另有其人正虎視眈眈的監視著他們的監斬。

「咱們做場猴戲給人看看吧，」方應看譏刺的說，「昨夜風風雨雨，風雨樓裡無一人好過，不過，今天咱們也好過不了那兒去！」

米蒼穹有點奇怪。

他覺得方應看今天的眉宇神色間很有點焦躁，頗不似往常的氣定神閒。

「這時分難得有這種大霧。」米公公帶笑捋髯道：「只怕今天城裡手頭上有勢力的人物，誰也不閒著。」

方應看睃了米公公一眼，沒說什麼，只向他敬酒。

米有橋當然喝酒。

就算沒人敬他，他也會找機會喝酒。

方應看也仰脖子乾盡了杯中酒，還用紅色袖袍抹了抹嘴邊的殘沫。

這都不大像他平時的作風。

所以他問：「你……沒有事吧？」

「沒有。」

方應看回答得飛快。

「只是……今天很有點殺人的衝動。」

米蒼穹怔了一怔：這也不太像方小侯爺平日的性情——他不是不殺人，只是一向殺人不流血，而且習慣借刀殺人。

「不過，」米有橋忍不住還是勸了一句，「今天的情形，能少殺些人，就能少得罪武林人物，江湖好漢。」

「這個我曉得，咱們今天只能算是個幌子。」方應看仍是眉宇間帶著抑壓不住的煩躁，「有時候，人總是喜歡殺幾個討厭的人，看到血流成河，看到姦淫殺戮……你難道沒有嗎？」

沒有？

有。

米蒼穹最明白自己心中這個野獸般的慾望：他不是自幼入宮進蠶室，而是在少年進入青年期間給人強擄進宮，因先帝喜其貌，下令閹割，他這才成了太監，一生也就這般如此了。可是，這段遭遇又使得他跟一般太監不一樣，他曾有過女人，有過慾望（而今仍有部份殘存在他心底裡頭），甚至還繼續長有鬍髭……然而，他仍不是正常人。他是個「不可干預朝政」的內監。他頂多只能做個公公頭子。可是，他又不是一般的太監……

這種種的「不同」，使他「異於常人」，更加寂寞、苦痛。
更使他心中有一團火。
更使他心裡孕育了一頭獸。
烈火與獸。
在這早上、清晨，他只對著紅衫的方小侯爺，吃著花生、飲著烈酒，去面對這一天的濃霧。

三　不醒之眠

「吁——呼……」

唐寶牛在伸懶腰。

他伸腰擴胸，拳眼兒幾乎擂在方恨少纖瘦的胸膛上。

方恨少白了他一眼。

唐寶牛居然又打起噴嚏來。

「哈啾！哈啾!!哈啾!!!」

他打得難免有些不知顧忌，鼻涕沫子有些濺到方恨少衣襟上。

方恨少向來有潔癖。

他只覺得厭煩。

「你不覺得你連伸懶腰、打噴嚏也誇張過人嗎？」方恨少沒好氣的說，「你知道你像什麼？」

「我早上鼻子敏感，尤其是對驟寒驟暖、大霧天氣——」唐寶牛前半句說得得意洋洋，後半段卻轉入好奇：「我像什麼？大人物？大象？豹子？還是韋青青青、龍放嘯、劉獨峯？姬搖花？諸葛小花？」

「我呸！」方恨少啐道：「你只像——」

「什麼？」

唐寶牛探著頭探聽似的探問。

「你像——」方恨少滋油淡定的下了結語：「——甲由。」

「甲由？」

唐寶牛一時沒會過意來。

「就是蟑螂的意思。」方恨少唯恐他沒聽懂，補充、解說、引申和註釋：「我是說你就像蟑螂一般可厭可憎、礙手礙腳。」

唐寶牛居然沒有生氣。

他摸著下巴，喃喃說了一句話。

「什麼？」

方恨少問。

唐寶牛又喃喃說了幾句。

方恨少更好奇。

人就是這樣，越是聽不清楚的越要聽清楚，一開始就聽清楚的他反而沒興趣。

方恨少更加是這樣子的人。

所以他抗議：「你要說什麼，給我說清楚，別在背後吱吱噥噥的咒罵人，那是無知婦人所爲！」

唐寶牛傻巴巴的笑了，張著大嘴，說，「我是說：謝謝你的讚美。」

方恨少不信地道：「真的？」

唐寶牛道：「真的。」

方恨少狐疑的道：「你真的那樣說？」

唐寶牛傻乎乎的道：「我真的是這樣說，騙你作甚？」

方恨少楞了一陣子，嘴兒一扁，幾乎要哭出來了：「你爲何要這樣說？」

唐寶牛搔著腮幫子：「什麼？」

方恨少跺著腳道：「你平時不是這樣子的嘛！你平常非要跟我抬槓不可，一定要跟我非罵生罵死不可的啊！你爲什麼不罵？難道眼看我們快要死了，你卻來遷就我!?我可不要你的遷就！」

唐寶牛長嘆道：「我了解。你心情不好，眼下你就要死了，而又一夜沒睡，自然脾氣暴躁，心情不好了。做兄弟的，平時打罵無妨，這時不妨讓你一讓！」

「我才不要你忍讓！」方恨少不甘心的說：「爲什麼今天我們就要問斬了，你昨夜還可以抱頭大睡，還扯了一夜的呼拉鼾!?」

「爲什麼今天我們就要死，你昨夜卻還一晚不睡？」唐寶牛也不明所以，莫名其妙，「既然快要死了，還不好好睡一晚，實在太划不來了。」

「我才不捨得睡。」方恨少道：「快要死了，還只知睡，我利用這一夜想了好多事情呢！」

「想很多事情，到頭來還不是一樣是死。」唐寶牛傻楞楞的說，「我不想，也一樣死，但死得精神爽俐、神完氣足些。」

「你真冷血、無情！」方恨少譏誚的說，「真是頭大沒腦、腦大生草呢！」

「你這是讚美吧？」唐寶牛今天不知怎的，就不肯跟方恨少鬥嘴，「冷血、無情，可都是名動天下的四大名捕哩！」

方恨少恨得牙嘶嘶的，恨不得唐寶牛就像平時一樣，好好跟他罵個七、八場，「你說，我們這種死法，到底是古人稱作：輕若鴻毛呢？還是重逾泰山？」

「我們打過狗宰相、豬皇帝，」唐寶牛偏著頭想了一想，「但也無端端的就斷送了大好頭顱……看來，是比泰山輕好多，但比鴻毛嘛……也重不少……我覺得，就跟咱們的體重相稱，不重也不輕，只是有點糊裡糊塗。」

方恨少瞄瞄他的身形，不服地道：「這樣說來，豈不是在份量上，你比我重很多！」

唐寶牛居然「直認不諱」：「這個嘛……自然難免了。」

他們兩人昨天給任勞任怨封盡了要穴，欲死不能，任怨正欲施「十六鈣」的毒刑，但為舒無戲阻止。

舒無戲趕走「鶴立霜田竹葉三」任怨和「虎行雪地梅花五」任勞，但也絕對無法救走方恨少、唐寶牛二人。

他只能解開二人穴道，並以議語傳音說，「你們萬勿妄想逃走，這兒裡裡外外都有高手看守，你們逃不出去的。」

他又告誡二人：「你們也不要妄想求死。」

唐寶牛瞠目反詰：「為何不能求死？與其給奸人所殺，我們寧可自殺，有何不可？」

舒無戲道：「因為你們的兄弟手足們，明天必然會想盡辦法劫法場救人。」

方恨少道：「我們就是不要連累他們，所以先此了斷，省得他們犧牲。」

舒無戲截然道：「錯了。」

唐寶牛傻虎虎的反問：「怎麼錯了？難道要他們為了我們送命才是對？再說，奸相必有準備，他們也未必救得了我們，枉自送命而已！」

舒無戲啐道：「他奶奶的，你們光為自己著想！腦袋瓜子，只長一邊！你們要是死了，你們以為他們就會張揚？他們會照樣把你們屍首押送刑場，那時候，你們的兄弟朋友不知就裡，照樣前仆後赴，不是死得更冤！」

唐寶牛和方恨少這下省覺，驚出了一身冷汗。

舒無戲嘿聲笑道：「人生在世，可不是要死就死的，要死得其所，死得當死——你們這樣一死，只是逃避，不負責任，害人不淺！」

唐寶牛額上的汗，涔涔而下，方恨少略加思慮，即說，「要是我們死了，只要把消息傳出去，就可消弭掉一場連累兄弟手足們的禍事了。」

舒無戲反問：「怎麼傳出去？」

方恨少不答，只看著他。

舒無戲一笑，坦然道：「俺？俺一進來這兒之後，已給監視住了，你們明早未人頭落地之前，我是不能私自離去的，否則，只怕俺比你們更早一步身首異處，說實話，俺也想替你們傳訊，無奈俺就算說這一番話，也給他們竊聽了。」

唐寶牛憂心的道：「那麼，要緊嗎？他們不拿這個來整治你嗎？」

「不整治才怪呢！」舒無戲哈哈大笑，「不過，老子在官場混慣了，倒不懼這個！俺只勸你們別死，不是正合『上頭』的心意嗎？要加我罪，何愁不有！這還不算啥！」

然後他向二人語重深長的說：「俺解了你們穴道，只想你們好好睡一覺，好好過今箇兒晚上——人未到死路，還是不要死的好；就算走的是絕路，別忘了絕處亦可逢生。」

他走前還說了一句：「好自爲之吧，兄弟，不要使關心你們安危奮不顧身的同道們大失所望！」

是以，方恨少和唐寶牛二人，得以解掉穴道，「好好的」過了這一晚。

只是唐寶牛能睡。

方恨少卻不能。

對他們而言，這一天晚上，他們最不願見到天亮。

這一次睡眠，他們最不願醒。

因爲醒來後就得要面對一場「不醒之眠」：

斬首！

◇◇◇

「這一夜我沒睡，我想了許多；」方恨少悠悠嘆道，「我想起了許多人、許多事。我始終沒替沈老大好好的出過力、幫過忙，連王小石我也沒爲他做過什麼事，我很遺憾。」

然後他的語音愈說愈是低沉：「……我也想起明珠，她……」

唐寶牛眨了眨大眼睛，忽似痴了。

「我好好的睡了一覺，什麼都沒有想起……」他心痛的說，「可是，你這樣一說，倒使我想起了朱小腰……」

「小腰她……」說到這裡，偌大的猛漢唐寶牛先生居然哽咽了，「我還沒追到這女子……」

然後他竟忍不住號啕大哭、搶天呼地、搥心掏肺、哭濕了他襟裡那條艷麗的手絹：「小腰，小腰，我們永別了……」

這哭聲反而震住了方恨少的憂思和幽情。

他瞠目了一會，才悻悻的啐道：「這頭牛！連哭也濫情過人！」

這時候，匙聲響起。

門開了。

時辰到了。

門開了之後，人未進來，清晨的霧氣已先行躡足攏湧了過來。

稿於一九九三年四月十六日：細姑、琁姑、姑頭、心怡、應鐘、漢威首聽我詩朗誦：「蒙古」、「大悲十九首」、「亡妻」；榮德FAX轉傳告悉翻版盜印猖獗事；七人聚於「御膳閣」；逛尖東碼頭；決辦下一輪「討論會」／十七日：有輝、家禮各為文感人；「P危」破紀錄／霍靜雯訪問；Saintdiego歡聚。

校於四月十九日：時序大兜亂；盡一己之力警省執迷友；新昌丁老闆力邀合作事；邱海嶽謝咭；素萊書有我序；武魂連載《七大寇》；實行新制度／二十日：賞罰森明；晨昏顛倒；「四大名捕」觀賞水晶展；星洲日報稿酬；新國泰酒店飲茶／廿一日：留淑端小姐約訪；霍靜敏小姐訪稿佳；討論會性質大更動；小東西等初觀賞神州巨型相；連赴三家水晶商展；「大開片」；台灣大蘋果公司向敦煌探詢《四大名捕》中國大陸版權事宜；「三隻小神仙」初鑑神州徽章；阿寶贈我綠晶「漫天花雨」；時序已調正。

第四章　血洗菜市口

一　斷送

霧不散，霜瀰漫。

這天早上整衣出發的軍士都覺得霧濃霜重，料峭春寒。

他們都有上戰場的感覺。

雖然他們只是押著犯人上刑場。

◇◇◇◇◇◇◇

一般而言，重犯都是在午時抄斬的。

選在午時，尤其在菜市口，正是人多，特別收儆尤之效。

但今天比較特別。

他們隊伍在卯初已然押著犯人步向菜市口。
他們都知道，今天是一次特別的「斬首示眾」。
因爲將給處決的人很特別。
押這對將給處斬的人也很特別。
真正的軍士衙役，只二十二人，其他的，大多是高官、大內高手、武林人物。
這等陣仗自是非同小可。
軍士捕役心中暗暗叫苦，知道這一趟行刑不好走，說不好，自己這些人只是給擺上了道，可能要比問斬的人還早一步人頭落地哩。
他們都好奇，也都不敢好奇——你就別說軍人只聽命令，不惹事不好奇，其實，他們好奇的方法往往是用刀劍槍箭（武器）去問清楚（而不是用語言）而已。
他們不敢好奇的原因是：
因爲今天「主事」的，肯定不是他們。
連同監軍涂競和劊子手老李，今天只怕都話不得事。
今天主事的是騎在馬上紫冠蟒袍的長鬚老太監，人叫他爲「米公公」，聽說他在朝在野，都很有名望，很多高官、權貴和將士、江湖人物，都跟他密切往來。
監斬的人在隊伍之後，坐在轎子裡而不露面、長相俊俏的年輕人。

子。

聽說他就是「方小侯爺」。

聽說他才是「有橋集團」裡的「寶」，比起來，米蒼穹只不過就像是藏寶的匣子。

除了這一老一少，還有許多人，是他們完全不認識的。

但這些人給他們的感覺卻都是一樣：

殺氣。

——騰騰的煞氣。

——要是只殺兩人，殺氣不可能如許之盛，盛得使這些兵士捕役們走在清晨的霜田地，雙腳不由得有點打顫。

他們除了有點擔憂受怕，還有百般不解。

初時，他們奉命集合的時候，他們這一隊人，總共有四十五人，而今，在出發的時候，卻只剩下了二十二人——其他廿三人去了那兒？

◇◇◇

其實這疑惑完全是不必要的。

因爲這一組才離開「八爺莊」不久，另一隊人又自「深記洞窟」那兒展開陣勢，整然步出，那一隊人，主領的是龍八，押後的是多指頭陀，而且，隊伍明顯的雜有更多的武林好手、大內高手，隊伍中也押著兩架囚車！

他們的取向，是往「破板門」那一帶去。

那兒，是除了瓦子巷底街市口外，另一處繁華要塞。

◇◇◇

劊子手老李斫人的頭，斫得手都老了，臉皮老了，歲月也老了，但從不似今天那麼特別，那麼緊張。

從來，只有犯人驚怕，而不是他。

斫人頭的永遠不必怕，怕的只是那些要給斫頭的。

可是今天卻不一樣。

他看得出情勢非同尋常：這個押死囚的隊伍每走一段路，彷彿隨時已準備好，隨時都要跟劫囚的強敵血濺長街似的。

他臨出「八爺莊」前，還不知會發配到那一隊伍去（他比其他軍役們「好」一些，在出發前一陣子總算知道分有「前後兩隊」的事），任勞卻過來跟他擠一隻眼睛，跟他約賭：

「看你今天斬得了囚犯的首級？還是由我們兩人來下手？或者你給人斫了頭！你猜猜看？」

劊子李可不敢猜。斫了多年多少英雄好漢流氓雜種的頭了，他自然知道：有些事雖然很想知道，但還是不知道比知道的好。

這些年來，他當上了劊子手後，就連扒飯的時候，都會感到一股血腥味，徐徐咽下；就連洗澡的時候，他從井裡打出來的水照頭淋下，閉眼的一剎，彷彿也覺得自己是沐在艷幽幽的血水中。

他的頭也常常疼。

裂骨蝕髓似的疼。

他常常認定這是一種報應。

他知道每次斷送別人生命的同時，他也在斷送自己的福蔭。

自從他跟他的老爸，入了這一「行」，雖然無人敬之，但亦無人敢不畏之。

因為刀在他手裡。

頭在別人身上。

生殺大權卻在自己的刀下。

——就算上妓院嫖，細皮白肉的騷娘們也不一定敢問他要錢；就算到街市買半斤豬肉，那臉肉橫生的傢伙也不敢少給他八兩，有時還多添一二兩當是「賣箇交情」。

這年頭，誰也不知道有一天會落在誰的刀口上。

要是落在他的刀下，可一切聽己由命了：

他下刀是要「斷送」生命，但要如何斷送法，則由他控制、隨意，如何下刀，也由他決定。

有時候，一刀死不了，頭沒斷落，人一直在喊，血一直在標，監斬官沒下令，他也抱刀旁觀，只乾耗著等血流盡人才死。

有時，一刀（可能故意）斫歪了，先斷一根琵琶骨，或削去一隻耳朵，夠犯人痛入心肺，也夠他受的了。因而，有的犯人是嚇死的、痛死的。

也有腰斬的，他斬過一刀兩斷（段），但人卻不死，對著下半截肢體，喃喃自語近一個時辰，血給曬得凝固了，這才嚥了氣。

有次他故意一刀一刀的斫一個才十七、八的小伙子，一手把他一口飯一口飯養大的爹、媽、公、婆，瞪著眼捂著心一刀一刀的心痛，那一回他可斫得心軟手不軟

——因爲誰叫這小夥兒的家人曾經得罪了監斬的涂競！

他曾一刀下去，腦袋瓜子去了半爿，腦漿東一片、西一塊，溢了滿地，那人氣可足的，居然不死，趴在地上，寫了許多個「苦」字「慘」字，但字字都沒了頭：可能失去了上半爿頭顱，寫字也就寫不全了吧？

所以許多人都怕他，待斬囚犯的家屬，諸多討好他。有送銀子的，也有請吃酒的，甚至也有女子來獻身的，只求他快刀利鋒，一刀斷頭，還要留一層皮，好讓其家人得以「全屍」收殮，討個「吉利」。

要不然，他李二有一次火冒著，一刀下去，身首異處，滑漉漉的頭一路滾了出去，隨著血印子，像貓腳沾過了血水到處亂蹓，但尋了箇半天，卻偏找不到那一顆人頭。

到而今，那個人頭也始終沒找著，不知到那兒去了，這當殃的家人也只好收葬他那沒頭的屍尸，他的寡母娘也哭嗆了天，只悔沒事先答允給他李二舒服一個晚上。

但今天，他可威風不來了。

囚車裡的，一點都沒有求情的意思。

甚至對他連瞧都沒瞧得上眼。

而別人對他的眼色，他意會得出來：

——斫吧，你斫吧，這一刀下去，兩刀之後，你每個晚上不必睡了，白天都不必上街了！

——整個江湖的好漢，都等著剜你的心來送酒呢！

這囚犯也沒有哭哭啼啼的親人來送行，但他又偏生覺得：濃霧裡，有的是牛頭馬臉、三山五嶽，誰送誰先上路，現在還難說得緊！

當然他也不敢得罪任勞任怨這種人。

他知道，他手上斫的不少冤得六月降雪的漢子，其中有不少都是因爲不小心或太大意招致這「兩任」不悅，以致從此腦袋分家，有冤沒路訴。

他現在已沒有辦法。

頭是要斫的。

他只好見一步走一步。

他相信監斬官涂競跟他的處境很相似。

——向來，寡婦美孀、黃金白銀，他索取得遠比自己多，誰教他官比自己高？

但都一樣，在心情上，今天只要過了這一關，以後再遇斫頭、監斬的事，卻是寧可掛冠而去，落荒而逃了。

二 冷灰色

隊伍到了菜市口，霧很大，連牌坊上橫著「國泰民安」的四個大字，也看不清楚。

這時分，主婦們都該起身到街市買菜的買菜，購物的購物，好命的，大可以叫婢僕老媽子什麼的代辦代勞，代走這一趟。

奇怪的是，今天的人似乎特別少。特別冷清。

這天早晨的霧，冷灰色，聚散就如靈魂一般輕柔。

雪，始終沒有下，或者早在前昨天的幾場猛雪裡早已下完了，而今只剩下神出鬼沒、要命的霧和霜。

問斬的時辰要到了。

但什麼都沒有發生。

米蒼穹捫捫鬢角，看著自己白花花的翹髯，他覺得自己像霜，方應看就像霧。

霜是寒的。

霧是摸不清的。

想到這兒，一口濃痰忽爾毫無來由的湧上了喉頭，他不禁激烈的咳嗽了起來。耐心聽他嗆咳了一陣，方應看微湊身過去，問：「要不要喝點酒？」

米蒼穹抹去了鬚髯間沾著的唾沫子，「這時候能喝酒嗎？」

方應看依然問：「要不要吃點花生？」

米蒼穹一聽花生，彷彿已聽到齒間「卜」的一聲唧啐這相思豆的清脆聲響，於是情不自禁的點了點頭。

方應看居然就真的遞過來一大把花生。於是，在這氣氛凝縮，霧影詭秘的問斬刑場裡，就隱約聽到卜卜有聲，細碎拉雜的響著，那是米有橋口裡咀嚼發出的聲。

米公公很能享受花生米的味道——他更能享受這咀嚼的聲響：因為，不住的、不斷的、不停的，有事物在他已老邁危齒的口裡給崩碎且研成粉末了，他覺得那是很有「成就」的一件事。

方應看也許是因為本來就打算問，也許是知道他吃花生時心情特別好（但吃了之後可能運氣特別壞）而故意問：

「公公，你說他們會不會來？」

「很難說。『七大寇』沈虎禪他們在千里之遠，來不及聽到消息；『桃花社』

賴笑娥等也未必趕得及入京。要救，就只有『象鼻塔』、『發夢二黨』和『金風細雨樓』這些人，但以王小石的智慧，且有諸葛這個老狐狸，沒道理看不出這是個『局』的。」

方應看發現這老人的眼神也是冷灰色的——就跟今天的天氣一樣。

「所以公公認爲王小石這些人不會來？」

「剛好相反。他們明知道是局，早知道是計，卻還是一樣可能會來。聰明人常常會做糊塗事。他們自稱是『俠』；一個人一旦給套上了『俠名』，翻身難矣，餘不足觀，亦不忍觀之矣！」

然後他反問：「你說他會不會來？」

方應看的回答只一個字：

「來。」

他的眉宇眼神，又掠過一陣少見的浮躁之色。

他甚至按捺不住猝然地用手比劃了兩下，削削有聲，霍霍生風。

米蒼穹側視著這一切，第一次，眼裡有了耽憂之色。

任勞的臉色就像是任怨的服色也就像是這天色和米公公的眼色：冷灰色。

他顯然有點擔心。

所以他等了一會，「正法」的時辰將屆未屆的時候，他忍不住向任怨問了一個米蒼穹剛剛問過方應看的問題。

「師弟，你說王小石那班人會不會來？」

任怨不答卻笑。

他的笑猶如過眼雲煙。

別人幾乎難以覺察到他的笑：

他的眼裡沒有笑。的確。

他的嘴唇也沒有綻開笑意。確然。

但他在這瞬息間的而且的確在那細皮白肉的臉上，法令紋深了一深、寬了一寬。——如果這也算是笑了，那麼這笑絕對是陰惻惻的，不但帶著險，而且奇，甚至不懷好意。

任勞是極熟悉他的笑，所以十分證據確鑿的肯定他曾笑過了。

他笑了也就是答了。

而且反問了一句：「你好像很擔憂？」

任勞本想搖頭，但到頭來還是點了頭。

因爲他不敢隱瞞。

他敢遮天瞞日，騙父叿母，賣祖叛宗，背叛師門……都不敢隱瞞任怨。

因爲根本就瞞不了。

「你擔憂什麼？」

「官家高手、大內好手、禁軍猛將……好像都來得很少、很少。」

「你沒看錯。」

任怨居然讚了一句。

任勞幾乎感動得流淚：因爲他在這年紀比他要輕四十歲的「師弟」面前，一向又老又蠢又無能，幾乎連當他的「徒弟」都不如。

「可是……爲什麼？」

「我問你：昨晚『金風細雨樓』權位之爭裡，白愁飛爲何會死？」

「因爲……因爲他不知道王小石實力會如許強大！」

「次要。」

「……因爲蘇夢枕未死！」

「不是最重要。」

「莫非是……他不該輕視了雷純!?」

「還不是主因。」

「……」

「他慘敗乃至死的主因係在：他不該令相爺覺察出他的野心太大、志氣太高，不可信任，無法倚重，爲了免其坐大，相爺才擢拔雷純這一個女流之輩，較好縱控，用她來挾持蘇夢枕復出，並在他身邊佈滿內奸，在他的生死關頭，出賣背叛了他，以致他只有戰死一途。」

「我明白……所以說，白愁飛是死於相爺的計劃中的……」

「只是，相爺也有計算失誤的時候。蘇夢枕居然自戕，雷純便失去了威脅王小石的法寶，而且哀兵勢盛，雷純不敢輕攖其鋒，只好身退。『金風細雨樓』便拱手讓了給王小石。」

「我明白了。」

「你還不明白。」

「不明白？我……」

「你不明白昨夜一戰和今晨人手調派有絕大關係。」

「是的，是的，我的腦筋不及師弟您快，老是轉不過來……」

「今天來的主要都是武林中人，主因有三，你不妨猜猜看。」

「我……我頂多只想到一個可能。」

「你說說看。」

「諸葛先生在武林中和禁軍裡德高望重，他暗示支持他的派系勿來摻這趟渾水，那麼，自然有許多大內高手都不敢插手了。」

「這確是其一。」

「其餘的……我就想不出來了。」

「另一個原因是：相爺也受皇上節制。聖上雖然看似十分信重蔡大人，但也有暗中留意宮中京裡的風吹草動的。相爺要全權調度京中宮內的高手出馬，只怕驚動甚大，也不是他一個人就可以翻雲覆雨的。」

「對對對。不然，他怎會在近期亟力拉攏我們，無非也是要把那朱胖子趕下台去而已……」

「相爺不欲皇上太過留意此事，也不想太顯他在軍中的實力，所以，軍方高手的調度，自然就不敢太明目張膽了。」

「那麼，還有一個理由呢？」

「我看，相爺這次有意來一場『京師武林各門各派各幫各會勢力互相消弭對決』。」

「——京師武林各門各派各幫各會勢力互相消弭對決？」

「對。」

「——他……爲什麼要……？」

「嘿哼。」

「……我還是想不明白。」

任怨沒答，卻顧左右而言他：「今天，這一戰可嚴格得很呢！沒有相爺親發的『通運金牌令』，誰也不能放走欽犯、強盜，否則，罪與劫囚同！這樣一來，京裡的武林人士，就只有作殊死、背水一戰了。」

任勞聽了，越發有點緊張起來；他當然武功高強，對敵無算，但近年來，入了刑部升了高職之後，已很少在江湖上出手肉搏、拚命搏戰的了。多是暗算得成，或在牢裡施刑，犯人武功再高，也斷無對抗餘地，可是，今天這一戰，就明顯沒這個利便了。

人生裡，就算兄弟朋友手下再多，有些時候，總是要自己親自出手、拚箇存亡的。

人，總是以有限的生命與無盡的時空搏鬥：

王小石如是。

蘇夢枕如是。

白愁飛也如是。

——就算今天問斬的唐寶牛和方恨少以及監斬的任勞任怨：亦如是。

◇◇◇

涂競和李二也在等。

等時辰到。

等意外：

——等人劫法場！

◇◇◇

「時——辰——到——」

到了。

涂競雖然見過許多大場面，但已等得心驚肉跳。

李二雖然斫了不少惡人頭，卻也等得手心發汗。

而今，時辰終於到了。

囚車裡的犯人已給押出來，強迫跪下。

涂競大聲宣讀方恨少、唐寶牛二人罪狀，然後，擲下了斬立決之令。

立即，就要人頭落地。

李二舉起了大刀，迎空霍地舞了一道刀風，刀鋒在晨霧中漾起了一道刀光，劊子李這一手起刀落——

但他也十分警惕，極之留意：

他生怕突然有一道暗器飛來，要他的命，或射向他的手和他手上的刀。

——通常，劫法場都以這一「招」爲「序曲」。

所以他早有提防。

他想好了怎樣躲開這第一道暗器，怎麼格開劫囚人的攻襲，以及如何轉移劫法場兇徒的注意力——假使真有人要救走這兩名欽犯的話。

一切是假，保命要緊。

也許，從來沒有一個斬人頭的人會如此狼狽，既怕暗器打到，又恐有人猝襲，甚至已在等待有人劫囚，一面要執行處斬令，一面又要保住自己的項上人頭。

另方面，他又不能不斫那兩個人犯的頭。聽說他們犯下了彌天大禍，竟打傷了皇帝和宰相；另一方面又擔心這一刀斫下去，會爲自己惹上一身禍亂血仇：這兩人連天子、相爺都打，爲他們報仇的同黨還有什麼不敢做？

沒想到，連專斫人頭的人都有這種難過的關頭。

其實誰都一樣。

就連當今國家最有權的官員、最富有的人物，總有些生死關頭，使他跟常人一樣顫抖驚慄，令他與凡人一般擔憂駭怕。

誰都一樣。

三　刀下留人

刀揚起。
刀光漾起。
吒喝陡然響起：
「刀下留人！」

◇◇◇

來了！
——果然來了！
方應看和米蒼穹馬上交換了一個眼色。
任勞和任怨也交換了一個手勢。

阻截李二下刀的，果然是暗器。

劊子李已鐵了心，只要一見有人出現、有兵器攻到、有暗器打到，他立刻舞刀護住自己，退開一邊再說。

但事實上，完全沒有可能。

因爲李二避不開暗器。

——不是那件暗器，而是那些暗器。

如果是一件、兩件、三件暗器，那是可以擋格、閃躲的。

但這兒不止是一件、兩件，也不是七件、八件，而是一大蓬、一大堆、一大把的暗器，向李二身上招呼過去。

準確來說，總共有三百一十七件，大大小小的暗器，都算了在內。

這些暗器，都來自高手手裡，有的還是使暗器的專家打出來的。

你叫劊子李二怎麼閃？怎麼躲？怎麼避？

要不是跪在地上給反銬著的方恨少滾避得快，他也必然跟李二一樣，一大一小

——一個成了大麻蜂窩，一個成了小麻蜂窩。

◇◇◇

來了。

霧中，人影疾閃急晃。

許多名大漢，青巾幪面，殺入刑場。他們都不知來自何方，卻都幾乎在同一時間出現；又像他們本是這街上的幽靈，多年前經過大軍的鎮壓烽火的屠城，而今又陡然聚嘯湧現；爲他們生前的冤情討回公道，過去的血債求箇血償。

這些人，雖包圍著刑場，但似乎不著緊要救走方恨少與唐寶牛，他們只在寒刃閃動中，解決了好些守在外圍的官兵與公差，進一步把包圍縮小。

米蒼穹不慌不忙，沉聲喝道：「你們要幹什麼？」

爲首一名青巾幪臉漢子，手上全沒兵器，也沉聲叱道：「放掉兩人，我們就放你們。」

另一個人也青布幪面，長得圓圓滾滾矮矮的，像隻元寶，手裡抱著一把偌大的鬼頭刀，足比他本人高了一個頭有餘，笑嘻嘻的道：「好機會，別放過，我們就當做好事，放生！」

方應看咧齒一笑，牙齒像編貝般的齊整白晰：「誰放誰？嘿！」

他一拍手。

他拍手的方式很特別：就像女兒家一般，他把右手除拇、尾指外的三指併伸，輕輕拍打在左手掌心，在濃霧裡發出清脆的掌聲。

然後，人，就乍現了。

也不知有多少，他們就像一直都藏身在濃霧之中，而且都是高手。

他們反包圍了原先出現的江湖人物。

這些人，都是武林高手，其中包括了「八大刀王」，另有「核派」何怒七、「突派」段斷虎等人。

方應看道：「投降吧，你們已給包圍了。」

那空手的人忽然一仰首。

他的眼竟然發出藍色的光芒。

他雙手突然發出暗器。

不是向方應看。

也不是向米蒼穹。

甚至不是向任何人。

而是向天。

他竟向天發出了暗器！

◇◇◇

他的暗器很奇特。

一像飛鈸。

一像鞋。

「鞋」與「飛鈸」，飛得丈八高遠時，忽爾撞在一起，發出轟隆、轟隆、轟隆一列聲響，並爆出藍星金花來！

然後，街市各路、各街、各巷、各處（包括了：紅布街、紫旗磨坊、黑衣染坊、藍衫街、半夜街、黃褲大道、三合樓、瓦子巷、綠巾衖、白帽路……等地）都有人閃出來，奇怪的是，這些都不幪面，但連熟透京師各幫各會各路人馬的任勞任怨，也認不出這些一個個陌生的臉孔。

這些人「反包圍」了那些「有橋集團」和官兵高手，而且，各處街角，還傳來戰鼓、殺聲。

方應看冷哼一聲，徐徐立起。

他鮮艷的紅衫在濃霧裡特別觸目。

他秀氣的手已搭在他腰間比紅衫更賁賁騰紅的劍柄上，銳聲道：「我倒忘了：『天機組』也會來摻這趟渾水。不過，說來不奇，張炭是『龍頭』張三爸的義子，他是『金風細雨樓』的人，沒道理請不動人來送死。」

米蒼穹忽然扯了扯他的衣袖，壓低聲音道：「小侯爺，今天咱們在這兒只是幌子，犯不著跟道上的人結下深仇吧？」

米蒼穹提省了那麼一下，方應看這才長吸了一口氣，忽然低聲唸：

「喃嘸柯珊曼達怛先怛瑪珈邏耆達索娃達耶干謾……」

然後才平復了語音，也向米蒼穹細聲說：「公公說的對。咱們今天的責任只是能拖就拖，非到生死關頭，不必血流成河。」

米蒼穹知道方小侯爺是以唸密宗「不動明王咒」來穩住殺勢與情緒：但他不明白何以今天一向比他年輕卻更沉得住氣的方應看，竟然常有浮躁的體現。

這使米蒼穹很有點錯愕。

他一向認爲：方應看年紀雖輕，但卻是有英雄本色、豪傑氣派、梟雄個性。他時而能強悍粗俗，必要時又可謙虛多禮；時而自大狂傲，但適當時又能溫情感性。他既知道激進，又懂得妥協。時機一至，即刻不擇手段攫取一切；但又深曉退讓忍耐，等待良機。他積極而不光是樂觀，自負卻不自滿，可以掛下臉孔捋袖打架說狠話，也更嫻熟於全身而退，避鋒圓說乃至下台善後，無一不精，且進退自如，討人喜歡，使人尊重，令人驚懼，惹人迷惑。

這才是真正的當代雄豪，兼且善於經營，「有橋集團」暗中勾結各省縣商賈操縱天下油、米、鹽、布、糖的交易，富可敵國，且又不吝於打點收買，並不致引權貴眼紅染指。

有了錢，便足可與掌有大權擁有重兵的蔡京丞相分庭抗禮。

當然，在還未有充份的實力對埒之前，有橋集團依然討好蔡系人馬，任其需索，提供錢貲，成爲大家心目中的「財神爺」：有權的人，還是得要有錢才能享盡榮華富貴，誰會把往自己口袋裡塞銀票，往家裡遞銀兩的「財神」趕走？

於是滿朝百官，對方小侯爺都有好感，至於米有橋，是上通天子下通諸侯的一條「橋」，大家知他權重（雖然沒什麼實際的司職）人望高，而且武功據說也十分出神入化，自然人人都討好他，沒什麼人敢得罪他。

米有橋因深感自己一生，乃爲宋廷所毀，一早已遭閹割，不能做個「完整的人」，對少年立志光大米家門楣（他幼時貧寒，少負奇志，知雙親含辛茹苦培植他，意想大業鴻圖，能振興米家。米家祖父本是望族，終因苦諫而罹罪，遭先帝貶爲貧民，流放邊疆，五十年後方能重入京城；米有橋的父母在京略有名望之時，又因開罪朝中權貴遭殺身之禍。因爲米有橋少年英朗，給內監頭領看中，閹入蠶室，引入宮中，從此就成了「廢人」），已盡負初衷；他把希望投寄於方應看身上，就因爲看出方應看是大將之材，是個未來的大人物，他要用這青年人來獲得他一輩子都得不到的夢。

所以他才支持方應看。

不過，今天方應看的浮躁焦躁，令他頗爲意外。

但總算還能自抑。

他一向以爲：做大事除了要不拘小節外，還一定要沉得住氣。

他知道今天事無善了，「有橋集團」的主力定必要出手——但只要不到生死關頭，能不直接殺人，不結下深仇，他就沒意思要親自出手，也不許讓敵人的血染紅自己的手。

——殺人不染血，才是真正的一流殺手。

像蔡京就是。

四　刀不留頭

其實，那領頭的空手瘦漢，正是「獨沽一味」唐七昧。

那個又矮、又胖、又高興的幪面漢，便是「毒菩薩」溫寶。

這兩個人的身形，其實幪了臉也很容易認得出來。

但他們仍然幪臉。

遮去臉容的理由很簡單：

他們還想在京師裡露面行走，尤其此役之後，「金風細雨樓」和「象鼻塔」的當家兄弟們，留得一個是一個，這原也是他們通宵會議的結果。

所以在他們行動時必遮去顏面——以他們的身世背景（例如：唐七昧出身四川蜀中唐門，而溫寶是「老字號」溫家的好手），都不好惹，若沒有真憑實據，當場指認，日後要以官衙刑部名義抓拿歸案，自然會使其家族不忿不甘，因而結下深仇——坦白說，就算在京裡廟堂的當權得勢者，若說願與下一滴毒液就可毒死武林的人（老字號溫家）、一支針只在手背上刺了一下在二十四天後才在全無徵兆的情形下一命嗚呼（蜀中唐門）、若是你得罪了他就算一日逃亡三千里躲入海底三十浬都一樣會給他揪出來（太平門梁家）、開罪了他們可能竟會給蝨子和蟑螂活生生噬死（下三濫何家）、惹怒了他們的子弟甚至有日會無緣無故的掉入茅坑裡給糞便噎死（南洋整蠱門羅家）、惹火了他們中的一人便會遭到報復、暗殺、乃至吃一口飯也咬著七支釘子四片趾甲一口老鼠屎（「天機組」和「飯王」系統）……這種人爲敵，真有誰！

敢有誰！

所以武林的事，仍在武林中發生，仍由武林人解決，以武林的方式行事。

他們已反包圍了「有橋集團」的人，並開始衝殺向待斬的人犯。

他們並非殺向米蒼穹和方應看。

——他們的目標不在那兒。

他們一開始衝，就遇到了強大的反挫。

「有橋集團」和蔡京召集的武林高手，馬上裡應外合的截殺正往內衝的「象鼻塔」和「金風細雨樓」子弟。

這時候，局面變成了這般：

米蒼穹和方應看在菜市口的「國泰民安」牌坊下，監守著待處決的死囚唐寶牛和方恨少，卻沒有任何舉措。

任勞、任怨卻在囚犯之旁，虎視眈眈，以防有任何異動。

唐七昧和溫寶率領一眾好漢（包括有「夢黨溫宅」、「金風細雨樓」和「象鼻塔」、及其他武林人物、江湖好漢），衝向唐寶牛和方恨少，旨在救人。

此一同時在外包圍「劫囚」一派的蔡京指派的武林黑道高手和部份官兵，又自「劫囚」一派身後攻殺過去。

同一時間，在外一層的各街各巷埋伏的「天機」和「連雲寨」高手，為了解「劫囚一派」之危，又往內截殺蔡京手下。

這正是京師武林實力的大對決。

一下子，菜市口已開始流血。

血染菜市口。

大家在濃霧中埋身肉搏，在「國泰民安」下進行血腥廝殺。

◇◇◇◇◇◇

但米蒼穹和方應看，依然沒有異動。

殺向唐寶牛和方恨少的爲首兩人，正是溫寶和唐七昧。

溫寶拿著大刀。

好大好大的一把雙鋒三尖八角九環七星五鍔六稜鬼頭大刀。

他斫人一刀，不管斫不斫得中人，就算對方閃過了，或用手上的兵器一招架，但對方就像著了刀風，或給那刀身傳染了點什麼在他的兵器上而又從兵器迅速傳入手中自手心又轉攻心臟，就跟結結實實著了一刀一樣，免不了一死。

跟唐七昧交手，更不可測。

也不見他有怎麼出手，他有時候好像根本沒有出手，只揮了揮手、揚了揚眉、或聳了聳肩，衝向他、包圍他或向他動手的人，就這樣無緣無故無聲無息的倒了下去。

他們都著了暗器，但誰也不清楚：他們是怎麼著了暗器？對手是怎樣施放暗器？

那無疑比動手出絕招還可怕。

他們兩人很快就迫近了待斬的死囚。

待斬的死囚顯然並沒有瞑目待斃，他們也在掙扎脫囚，但任勞、任怨卻制住了兩人。

看他們的情形，如有必要，他們會即下殺手——反正只要欽犯死，管它是不是斫頭！

就在這時，那牌坊上的匾牌，突然掉落了下來。

任勞吃了一驚，但任怨已疾彈出去，他撮五指如鶴嘴，身如風中竹葉，絕大部份時間都僅以一足之腳尖沾地，急如毒蛇吐信，已連攻那道「匾牌」十七、八記。

任勞這才看清楚：「匾牌」仍在牌坊上，「掉下來」的是一個恰似「匾牌」那麼魁梧的人！

這人臉上當然也幪著青巾，一下來，已著了任怨幾記，看來不死也沒活的指望了！

卻聽狂吼一聲，那大塊的步法又快又怪，而且每一次出腿，都完全出乎人意料之外，甚至也不合乎情理之中：因爲這種腿法除非是這雙腳壓根兒沒了筋骨，才能作出這樣的踢法，但是，就算這雙腿可以經過鍛練完全軟了骨，也不可能是承載著這樣一個「巨人」的雙腿可以應付得過來的。

可是卻偏偏發生了。

這「巨人」身上顯然也負傷了幾處，冒出了鮮血，任怨的出手仍然又狠又惡又毒，但已有點爲這巨人氣勢所懾，不大再敢貿然搶攻了。

這巨人還猝然拔出了刀。

砧板一樣的刀。

硬繃繃的刀。

又抽出了腰間的劍。

軟劍。

軟綿綿的劍。

刀如葵扇。

劍似棺板。

劍法大開大闔。

刀法大起大落。

每一刀都不留敵頭，每一劍都力以萬鈞。

這人使來，配合步法，打得如痴如醉。

任怨已開始退卻，眼神流露懼色，叫道：「癲步！瘋腿！大牌劍法！大脾刀法！」

然後突然叫了一聲：「小心——」

這聲是向任勞開叱的。

任勞一怔。

任怨猛以斜身卸力法，如一落絮，讓開了一記斷頭刀，又向任勞猛喝：

「——地下！」

——地下!?

任勞及時發現，有一道賁土，迅疾翻動，已接近死囚腳下。

他大喝一聲，鬚眉皆張，五指駢縮，以掌腕直揷下三尺深土裡去，霹靂一喝：

「死吧！」

轟的一聲，一人自土裡翻身而出，在電光石火間，居然蝦米一般的彈跳上來，以頭肩臀肘加雙手雙腳跟任勞交了一百二十三招！

這人身上每一個部位，都像是兵器、武器、利器，甚至連耳朵、鼻子，也具有極大的殺傷力。

五　血手難掩天下目

這些人雖然都是幪了面，可是自己人當然認得誰是自己人、自己人是誰：

那又矮又胖使鬼頭刀毒人而不是斬人的，正是「毒菩薩」溫寶。

那高瘦個子，不動手便能把暗器射殺敵手的人，當然就是「獨沾一味」唐七味。

唐七味和溫寶也馬上辨認得出來：

那從牌坊上「墜」下來的正是朱大塊兒，而從地裡暗襲的人，正是「發黨」裡唯一「下三濫」高手何擇鐘。

他們都是經嚴格配合好才行動。

但「有橋集團」也一樣有安排：

水來土掩。

兵來將擋。

唐七味和溫寶正待向死囚逼近，就遇上了八個人。

這八人本來一直都守在方應看身邊的。

這八人正是：

「八大刀王」！

◇◇◇

「五虎斷門刀」彭尖

「藏龍刀」苗八方

「伶仃刀」蔡小頭

「驚魂刀」習煉天

「大開天」、「小鬬地」信陽蕭煞

「七十一家親」襄陽蕭白

「相見寶刀」孟空空

「陣雨廿八」兆蘭容

◇◇◇

這八人連成刀陣，困戰唐七昧與溫寶。

這八刀聯成一氣，雖曾爲王小石制敵先機所破（白愁飛也曾破此刀陣，但只屬蔡京刻意下令爲白愁飛製造聲勢，而以方應看部屬作墊石，俗稱作「犧牲打」，不能作算），但連當年方巨俠也譽爲：「若此八人協力同心，聯手應敵，我亦恐未可取勝。」雖有鼓勵、過譽之意，但這八把刀的聲勢與實力，就算唐七昧和溫寶對付得了，應付得下，只怕對救囚再也無能爲力了。

卻在這時候，有十人「及時」出現。

他們都是「發夢二黨」中「夢黨溫宅」溫夢成旗下的高手。

他們用的都是長形的兵器，包括：槍、矛、戟、棍、鉞、鏟、叉、钂、鈀、錘。

他們的名字都有一個「石」字：

夏尋石、商生石、周磊石、秦送石、唐懷石、宋棄石、元炸石、明求石、清謀石、華井石等共十人。

這十人一齊出手，對抗「八大刀王」。

刀王的刀，雖然厲害，但這「十石」用的都是長兵器，且結成陣勢，先把八人分開、拒開，讓他們無法結成刀陣，刀勢亦一時無法全面展開。

若論單打獨鬥，「溫門十石」只怕仍非「八大刀王」中任何一人之敵，但這十人聯手一條心，且一早有對策，撐開了八刀，打散了八刀，一時還能算是佔了上風。

唐七昧與溫寶把握這時機，驟然衝近唐寶牛、方恨少處，一以刀一以手，爲他們解開劈碎枷鎖。

這時機無疑非常重要。

人要成功，最重要的就是懂得把握時機。

要把事情做好，也得要把握時機。

但很多人都只在等待時機，卻沒把握時機。

那就好比人坐在家裡苦等，但時機卻在門外，他就是不懂得開門去迎接。

時機不會久等。

時機會走。

時機溜去不再來——再來的，也不會是同一時機。

得失之間，往往便是這樣。

唐七昧和溫寶現在把握了時機，救方、唐！

◇◇◇

但在另一方面、另一角度（譬如蔡京派系、有橋集團的人）而言，時機也同時等著了、出現了！

時機跟刀和劍一樣，往往也是雙鋒兩刃的：對甲來說可能是良機，但對乙而言卻是舛機；同時對你是一個先機，但對他卻成了失機。

因此，說自己「掌握了時機」是一件很曖昧或荒謬的事，因爲你可能同時也給時機「掌握」了：那是時機選擇了你，也可能是你得到了這時機之後，反而要面臨更大的厄運。

沒有人知道「時機」到底真正是向著那一面，而結果到底會是怎樣——如果知道，那麼，很多人就不一定會去求那官職、賺那筆大錢、管那一件事、愛上那一個溜溜的女子……諸如此類。

因爲沒有人知道「結局」是如何。

——也許，還包括了這一場「劫法場」。

溫寶和唐七昧把握住千載難逢的時機，劈開枷鎖，釋放方恨少和唐寶牛！

米蒼穹和方應看又互望了一眼，米有橋身後四名青靚白淨的少年太監，一齊捧了一支不知用什麼打造的黑忽忽的長棒，遞了過來，但米有橋只揮了揮手，就叫他們退了下去，到了這地步，他們（至少米有橋）似仍沒意思要動手。

因爲在他們眼中：唐七昧和溫寶，已經都是死人。

爲什麼他們會這樣想？

原因很簡單：

他們認爲自己已掌握了先機。

枷鎖已開。

銬鍊已斷。

方恨少、唐寶牛得以自由——自由後第一件事是：

猝襲唐七昧和溫寶！

一個用刺。

——小小的一根魚骨那麼大的刺！

一個以鉈。

——無頭無尾神出鬼沒的飛鉈！

◇◇◇

他們當然不是唐寶牛和方恨少！

他們是等著殺害來救唐寶牛和方恨少的人之伏襲者。

他們當然就是：當日「金風細雨樓」中四大護法：「吉祥如意」中的——

「無尾飛鉈」歐陽意意

「小蚊子」祥哥兒

他們給蔡京「安排」來伏擊救方恨少和唐寶牛的人！

他們狙擊的對象（假想）是：

王小石！

他們也可以說是「自願」狙襲王小石的。

因爲他們要忙著「表態」：

當日，他們在蔡京門下得意一時的義子白愁飛「效忠」，但白愁飛昨夜已在相爺「授意」下「清除」掉了，他們雖然能「及時轉舵」，追隨蔡相的「意旨」行事，但爲了表示他們一直以來只爲相爺「效命」，他們不得不急於表示自己是「忠心耿耿」的，而且得馬上立下一個大功！

什麼「大功」？

當然沒有比殺掉王小石（就算是任何來救方、唐二人的人）更能立功、表態、討蔡京的歡心了。

所以他們就變成了「待斬的囚犯」。

——菜市口的當街斬首，根本就是一個「局」。

一個蔡京要「一網打盡」京師武林人物的「局」。

——而且還處心積慮把「有橋集團」也攏進了局裡！

◇◇◇

唐七昧、溫寶驟然突襲。

出其不意！

他們可以說是死定了！

◇◇◇

然則不然！

世事常意外。

錯。

其實世事並不常意外。

——意外的只是人通常都料錯了、估計失誤而已！

◇◇◇

祥哥兒和歐陽意意才一動手，唐七昧突然向歐陽意意迎面打了一個噴嚏，然後及時閃身，但歐陽意意的「無尾飛鉈」居然一折，仍然擊著了他的左肩胛一記。

唐七昧負痛大吼了一聲，仆地。

仆倒之前，雙肩聳動，都沒見他手指有什麼動作，已發出了一十六枚（完全不同的）暗器。

但歐陽意意也是暗器高手。

他的暗器當然就是他的「無尾飛鉈」。

他一招得手，轉攻爲守，以飛鉈砸飛格掉了七件來襲的暗器。

看他的聲勢，剩下的那九件暗器，也決難不倒他。

不錯。

暗器是難不倒他。

可是他卻倒了。

七孔流血，而且是黑色的血。

他不僅倒地。

而且是倒地而歿。

◇

米蒼穹何等眼尖，他一眼已發現，唐七昧真正的「暗器」，是那一記「噴嚏」，已全然噴射在歐陽意意的臉上。

只要歐陽意意有所動作，便告發作。

歐陽意意一死，唐七昧立即低叱一聲，那些剩下的九枚暗器，全回到他的鏢囊之內，一枚也不浪費。

米蒼穹瞇起了眼睛：

狹、窄而長——

——蜀中唐門，果然是不可小覷的可怕世族！

祥哥兒冒充的是方恨少——他較瘦小，像方恨少；歐陽意意雖不算魁梧，但夠高大，加上枷鎖、銬鍊和披頭散髮，一時也可充作唐寶牛。

歐陽意意出手的時候他也出手。

——襲擊人？祥哥兒一向不甘落人後。

何況，他外號「小蚊子」，本就因他擅於「偷襲」人而起的；他就像蚊子叮人一般難以禦防。

可是，那只是對普通人，並且是在正常的情形下。

溫寶雖然像個活寶寶，但肯定不是普通人，而這時機也相當「不正常」。

溫寶的鬼頭刀先一刀替他砍破了枷鎖，再一刀為他斬斷了鐵鍊，第三刀——

沒有第三刀。

因為來不及第三刀。

祥哥兒已然反撲。

不。

反刺。

他的「魚刺」急刺溫寶。

溫寶呆住了。

目瞪口呆的那種「呆」。

他似完全沒有想到「方恨少」會這樣對他。

他張口結舌的「樣子」，就算隔著青布，也十分像是個幪面的「活寶寶」。

——只是，這個「活寶寶」，卻是個「毒寶寶」。

而且還是「極毒」的活寶！

◇◇◇

溫寶做人的原則是：

人不犯我，我不犯人；人若犯我，我就毒人。

——毒死人。

——不死不休。

祥哥兒的「刺」可是有毒的。
淬有厲毒的刺，卻刺不著。
因爲祥哥兒已失準頭。
他忽然覺得手軟。
然後發現身上的衣衫（白衣）忽然全染成墨色了。
他還沒定過神來，只覺腳軟。
然後，連身都軟了。
他那一刺還沒來得及收回來，只聽溫寶鑾活寶的問他：
「嗳，你沒事吧？」
聽到了這一句，祥哥兒已整個人都軟了。

方應看眼利，他一眼已看出：溫寶先下了毒。

那斫在枷鎖上的一刀，是毒的。

斬斷鐵鍊的那一刀，更毒。

那毒力竟從銬鍊和枷鎖上迅速傳染了開去，祥哥兒已是中了毒，竟猶不自知。

——老字號溫家，當真是歹毒派系，不可輕忽。

◇◇◇

一下子，「暗算」劫囚者的兩大高手，祥哥兒與歐陽意意，同時喪生。

米蒼穹和方應看再對視了一眼。

看法已全然不同。

◇◇◇

米有橋捫鬍咳聲道：「你們早知道這兩人不是方恨少、唐寶牛？」

溫寶一見米蒼穹發話，連退了五、六步，保持距離，這才回答：

「是，你們早知有人劫法場，又怎會把真正的人犯押來菜市口？再說，憑這兩人，還扮不了方恨少、唐寶牛。蔡京以爲他一雙血手就能掩盡天下人耳目麼？難矣！」

米蒼穹倒大感興趣：「你們明知我們佈了局，卻還來送死？」

「不。」方應看突然道：「他們是來拖延的。」

「拖延？」

「他們故作襲擊，拖住戰局；」方應看目如冰火：「他們要讓人以爲他們真的中計，實則，他們已另派人去劫囚。」

米蒼穹呵呵嘆道：「好個螳螂捕蟬、黃雀在後。」

卻見方應看一按腰畔血劍，就要掠向場中，他連忙以「密語傳音」儆示：

「你要親自出手？」

「是，他們太得意了，我要他們損兵折將！我要殺盡這些鼠輩！」

「……但他們殺的卻不是我們的手下！相爺派歐陽和小蚊子來作真正的伏襲者，爲的是要他們『自己人』領箇全功，也分明對我們不信任。」

「我只要殺掉他們幾個首領，沒意思爲這兩個該死的傢伙報仇。」

「……可是，你只要一下場，就會跟他們結下深仇……在這時候，多交一友總比多樹一敵的好；你今天殺性怎麼這般強？」

「我？殺性？」方應看一呆，好像這才發覺省惕似的，眼尾怔怔的望著那四名小太監合力才捧得起的丈餘長棍，不禁喃喃自語：「……也許是因爲……」

他轉而低頭審視自己一雙秀氣、玉琢般的手：「血手，真的不能掩人耳目麼？」

這時街口各路金鳴馬嘶，喊殺連天，禁軍與有橋集團後援，已自四面掩殺而至。

稿於九三年四月廿三日：快報留淑端訪問、拍攝「黃金屋」；丁先生寄贈木箱茶葉；與SPM「海味」；「欲窮千里目」嚴重化／「寶馬」再延後返馬；鄒為文評《箭》；水晶陣大挪移；「大揮霍」時期；購得「ET仔」、「綠海棠」、「潑墨大山水」、「空山靈雨」；收到江蘇文藝出版：《溫柔的刀》、《一怒拔劍》、《驚艷一槍》；首次公開播放朗誦詩；十一人聚於富豪酒店為BEE LAI餞行；諸子大食論溫派武俠。

校於四月廿五日：FW一五二／廿六日：收到「中國友誼」推出：《刀叢裡的詩》上下集；得「心水」，與孫蕙、念禮、仲麒、炒何、阿忠聚於麗東酒店午膳，並大談水晶、寫作、打鬥，同赴「福臨門」；收到大陸鄭風明信及稿；E告急；十二弟購得「紫霞」；晚上娛樂圈奇聚。

第五章　血染破板門

一　強權難服豪傑心

在晨霧裡，米蒼穹、方應看及「任氏雙刑」所押的隊伍才向菜市口進發，「八爺莊」裡又出現了一隊精英好手，由龍八領隊，多指頭陀壓陣，押著兩架囚車，沒聲沒息地往破板門進發。

比起「菜市口」來，「破板門」當然不及其人多興旺。

但「破板門」也有其特色。

一、它是「六分半堂」和「金風細雨樓」的交接口——在「六分半堂」勢力膨脹的時候，它自然就是「六分半堂」的，但在「六分半堂」頹勢的時候，它自然又隸屬於「金風細雨樓」的地盤了。

以前，它甚至曾是「迷天盟」轄下的地方。

二、「破板門」的範圍很大，包括貧民窟「苦水鋪」和長同子集，都屬於那個地帶。這一帶龍蛇混雜，既是市肆也是黑市白道交易、交流之所。

隊伍沒有直入「破板門」。

隊伍在一家相當著名的酒樓：「一得居」前十一家舖位陡然止步。

然後佈陣、佈局。

佈陣是嚴格防守，如臨大敵。

佈局是準備處決犯人。

這地方正好是在一家簡陋淺窄的店舖之前。

這店舖已關了門。

但店子的招牌仍在。

招牌上的隸書寫得十分純、淳和馴：

「回春堂」。

回春堂。

——是的，這便是當日王小石和白愁飛初到京城未遇蘇夢枕並不怎麼得志時開的跌打刀傷藥局：

「回春堂」！

◇◇◇

他們竟在王小石當日所開、並在那兒廣爲平民百姓療傷治病的門前，處斬他的兩名拜把子兄弟！

◇◇◇

王小石在不得志的那段日子裡，不知已醫好了多少人，幫多少貧病負傷的人妙手「回」了「春」。

如今「回春堂」門扉緊閉。

而今他在那裡？

——他還能不能爲他那兩名即將人頭落地的結識兄弟「妙手回春」？

一切已佈置好了。

一路上，這隊人馬已佈伏留心，只要一有什麼風吹草動，他們的主力和原先已埋伏好的大內高手、蔡系武林好手，都會立即予以剷除。

但路上並無異動。

既無異動，便要執行處決令了。

他們似仍在等待。

等什麼？

——莫非是等時辰到？

不。

蔡京這等人任事，其實也有梟雄心境、豪傑手段，向來不守常規，且不惜越格破禁。

如果他真的要處斬唐寶牛、方恨少，其實大可什麼也不等，要殺就痛痛快快的殺，要活便痛痛快快的活，本就是奸雄心態！

那麼，他們還在等什麼？

——他們到底在等些什麼？

◇◇◇

來了。

快馬。

馬蹄如密鼓，自街角急掠而至。

馬上是個慓悍的人，整個人就像一支鐵鎚。

給巨力擲出去的鐵鎚。

◇◇◇

他的人未到，萬里望已率先向龍八走報：

「八爺，方小侯爺遣張鐵樹急報！」

龍八只鐵著臉、鐵著眼也鐵著語音，說了一個字：

「傳。」

◇◇◇

策馬雖急，馬上的人可真還臉不紅、氣不喘。

這銅鑄般的漢子向龍八拱手長揖。他的手掌鈍厚肉實，拇指粗短肥大，四指卻幾乎全萎縮於掌內：他的手也酷似一把鐵鎚。

人肉鐵鎚。

他正是方應看方小侯爺的貼身手下：

「無指掌」張鐵樹。

◇◇◇

「稟告八爺，」張鐵樹此來只要說明一件事，「小侯爺要小人向八爺急報：唐寶牛和方恨少的同黨果真在菜市口動手救人！」

龍八頓時呵呵笑了起來：「很好！這招調虎離山、聲東擊西果然妙著！王小石那夥人，既救不著人，只怕還要死個屍橫街口！」

然後他揮手，讓張鐵樹退下去。

之後他問多指頭陀：「我們現在還等什麼？」

他覺得自己的權力似乎有點要受多指頭陀節制，而且還多少要聽這少了兩隻指頭的頭陀，他心中很有點不是味道。

「等，」多指頭陀好像在算自己那已越來越少的指頭，「還是要耐心再等一等，只等一等。」

他一點頭，身後的「托派」領袖黎井塘，立即與兩名手下打馬而去。

果然不需要等很久。

一匹快馬如密雷急炸，自長街急馳而至。

馬上雖是個柳樹般的漢子，但整個人卻像一片葉子，輕若無物。

因爲輕，所以快。

極快。

馬未到，人已一掠而至。

龍八馬上惕然，多指頭陀目光一閃，已道：「是張烈心！」

來人是方小侯爺另一心腹大將：

「蘭花手」張烈心。

他整個巨型的身子就像柳枝一樣，軟若無骨，手指就更尖細得像竹籤，軟得像棉花，但要比一般人起碼長出一半以上。

他就是用這雙手兼修「素心指」和「落鳳爪」兩種絕技。

「稟大人，」張烈心也恭謹作揖，「小侯爺要我來報：目前在菜市中劫囚逆賊裡，匪首王小石似沒有來。」

「什……」龍八一震：「……麼!?」

多指頭陀點了點頭，擺手示意張烈心退下。

然後他像吟詩作對似的分析道：「王小石如不在菜市口，那只有兩個可能：一、他是不敢來。這個可能很少。二、他是來這兒，這個很可能。」

他是分析給龍八聽。

然而龍八最擔心的就是這個。

他只想好好的執行處決：斬掉那姓方的姓唐的人頭就是了，犯不著鬧出如許多事，尤其他不想面對王小石——

——還有王小石的石頭！

◇◇◇

多指頭陀又揚了揚手，他身邊另一員「頂派」掌門屈完，馬上跟兩名好手策馬而去。

龍八覺得很沒面子，彷彿一切都要聽多指頭陀的部署與調度。

——誰教相爺近日極信重這個人！

——不過，相爺信任的人，可多著呢！看他能逞多久的威風？看他下場又如何！

——比起來，自己可是跟隨相爺多年了，但依然屢仆不倒，且愈來愈紅，官越做越大呢！

——這頭陀，哼，怎能比!?且看他能囂狂多久！

他心中對多指頭陀，頗爲不甘，但對以七星陣法盯住方恨少、唐寶牛的那七個人，卻心中更爲驚懼、態度恭敬。

那七個人，抱劍而立，各佔方位，紋風不動。

不，應該說是六個站著的人。

因爲其中一個人，並不是站著。

而是躺著。

不僅是躺著，還簡直好像已睡著了。

他很年輕。

膚色很黑，雙耳卻白。

一雙眼睛頗具野性，而今卻闔了起來，幾綹散髮飄到眉下眼那兒，很飄逸。

龍八知道這人是惹不得的。

事實上，這七人都惹不得。

這七人正是「七絕神劍」：

劍神溫火滾、劍仙吳奮鬥、劍鬼余厭倦、劍魔梁傷心、劍妖孫憶舊、劍怪何難過，以及那正像在「睡覺」的人：

「劍」羅睡覺。

——他手上根本沒有「劍」。

他們隊伍一旦在「回春堂」前停下來之後，這七人就一直沒有動過：只要這七人在這兒，只怕正如蔡京所說：「要救走這兩個逆賊的人，只怕再五百年都沒生出來！」

雖然相爺的話不一定都可信，但龍八看到他們，可又心裡踏實多了。

於是他向多指頭陀（雖然他心裡極討厭事事問人，但他更懂得一個道理：凡是相爺寵誰，他就附和、遷就、阿諛，管這人能威風得了幾天！俟他沉下去的時候，他就一腳踩給他死！）：「可以斫頭了沒有？」

多指頭陀看著他左手斷掉的尾指，若有所思的道：

「是時候了。」

然後，他又補充了一句，「不妨先解開他們身上的穴道。」

龍八咧嘴一笑道：「大師真是宅心仁厚，死了也不想他們變啞巴鬼。」

多指頭陀又在看他右手斷剩的半截無名指，幽幽的道：「不讓他們罵罵，誰知道他們就是貨真價實的方恨少、唐寶牛？」

龍八向身後的一名像一座門神般的大漢點了點頭，「好吧，咱們就且『驗明正身』吧！」

那大漢先行去拍開了方恨少身上的穴道。

方恨少仍在囚車裡。

那門神般的大漢並沒打開囚車。

他這才點拍開方恨少受封的穴道，轉身行向唐寶牛，還未來得及出手解唐寶牛的穴道，已聽方恨少一輪急矢快弩的詈罵道：

「不嗜殺人者能一之。不喜歡殺人的君王才能一統天下。你們曉箇啥？只會殺人滅口！殺人就能唬人麼？強權難服豪傑心！君子不以其所以養人者害人，你們爲虎作倀，所謂狼無狽不行，虎無倀不噬，只是一群禽獸不如的馬屁精！我不怕死，我只怕我死了之後讓你們這干豬狗不如的東西得勢稱心！……」

他一氣呵成的罵了下去，本來還中氣十足、未完待續的，但卻半途殺出了個「程咬金」：

「我操你那個巴拉媽子祖宗脫褲子放屁龜孫子拉屎不出拉出腸的狗雜種，我唇亡你的齒寒，我毛落你的皮單，我去你個屍橫遍野、餓狗搶屎、連生鬼子、剷草除根……大爺唐巨俠寶牛公子你們都敢在太歲白虎青龍朱雀頭上動土煽火，我做鬼，不，當神成仙也會找你們一個個兔崽子宰了當烏雞白鳳丸吃！……」

這人自己「指名道姓」，說明自己就是唐寶牛，而且穴道一旦得解便開罵，一罵，便佔盡搶光了方恨少的話鋒。

他們都給封住了啞穴，憋久了沒罵人，一開口自然滔滔不絕，一如長江大河，不止不休。

那門神般的大漢怒叱了一聲，就像一道霹靂，在霧中炸開：

「住口！」

唐寶牛和方恨少果真住了口。

但只是一下子。

一下子有多久？

大概是手指彈那麼兩次的時間。

然後，兩人都開口說話了。

而且居然一起異口同聲的說一樣的話：

「要我們住口很容易——動手吧！」

這句話一說完，又各自罵各自的。

唐寶牛罵的話更是難聽。

其中大部份粗話還是他自己創造的、發明的。

方恨少罵的雖文謅謅，但十分刺骨。

他所引的句子，有時似通非通，但尤是這樣，所以聽來更覺錐心刺骨。

龍八鏘然拔劍，劍作龍吟，他自己也作勢長嘯：

「看來，該要他們真的住口了。」

他打算不開枷鎖，不把欽犯自囚車開釋跪地，便以利劍斬掉兩人的頭顱。

二　劍下留頭

龍八要親自拔劍，斫掉唐寶牛和方恨少的頭，因爲他極討厭這兩個自以爲既忠且義、嘴裡不說半句屈服、認栽話的傢伙！

同時，他也覺得能手刃打過皇上和相爺的逆賊，那是一件與有榮焉的事——說不定，他日青史上也記載這一筆：膽大包天竟敢欺君逆上的兩個狗賊，乃死於神勇威武的龍八太爺龍天樓的劍下手上！

想想，那該是多有意義的事啊！

所以龍八要爭著搶這個功。

立這個功。

——只要不打開囚車枷鎖，這兩個窮凶極惡的東西，就決奈不了他何，自己也絕對安全。

只有在絕對安全的位置上，他才會如此一劍當先。

多指頭陀在旁斜乜著他，彷彿頗爲「欣賞」他這個「英勇」舉措。

——這回，你可知道我龍八的豪情勇色了吧？

龍八在揮劍斫兩個全不能動彈的人頭時，在劍風劃過晨霧時這樣得意洋洋的思忖著。

◇◇◇◇◇◇

他那一劍斫下去，眼看兩頭義烈好漢，就要身首異處。

就在這時，有人大喊：

「劍下留頭！」

只聞一陣馬蹄急響，一人騎在馬背上，急馳而來，整個人已幾乎跟馬連在一起，背上晃亮著一把雪亮的但崩破了幾個缺口的大刀。

龍八止住了劍，稜然有威的眉目肅了肅，嘿聲道：

「這回小侯爺連『八大刀王』之一也出動來給我報訊了。」

話未說完，已聽有人驚呼急叫，此起彼落：

「你不是……!?」

「快停下來！」

「截住他！」

的。

「——你是誰!?」

「來者何人……」

待驚覺時，那人單騎已衝進陣中，已十分接近囚車處。

那人背上晃亮的刀已亮到了手上，刀揮處、刀光過處，血光暴現，阻截的人紛紛讓出了一個缺口。他對包圍他的人出刀動手之後，大家才發現他也戴著精巧面具的。

那七名劍手依然冷視全場，紋風不動。

龍八這才意會不妙，「嘎?」了一聲，多指頭陀卻滋滋油油的道：

「要來的，終歸是來了。」

那門神般的大漢正是「開闔神君」司空殘廢，他只看了一眼，冷哼道：「來的只是『破山刀客』銀盛雪。」

這時候，銀盛雪一人一騎，已爲「天盟盟主」張初放和「落英山莊」莊主葉博識截住交手，但破板門各處傳來喊殺戰鼓之聲，如驚濤裂岸，進迫而來。

多指頭陀頭髮倒立如戟，神情卻依然悠閒：「來了一個，還怕別的不來麼!」

龍八見勢不妙，劍作龍吟，破空橫斬，怒叱：

「管他來的是誰!我先宰了這兩個狂徒，看他們救箇屁!」

一劍劃破晨霧，先斬唐頭，再削方首！

◇◇◇

「殺不得！」轟隆一聲，暗器、兵器、箭矢，合起來不少於七十三種一著奪命的利器，一起也一齊攻向龍八！

攻襲突如其來！

攻擊來自——

回春堂！

◇◇◇

回春堂緊閉的店門倒了、塌了。

裡面匿伏著的高手一湧而出！

負責發射暗器部隊的是「發黨」的管家唐一獨，領導放箭的是「袋袋平安」龍吐珠，帶領大夥兒白刃濺出血沫的是「丈八劍」洛五霞……

他們一直都藏身在「回春堂」內（好像早已料定龍八人馬定當會在此地處決方恨少、唐寶牛一般），就等這一劍猝然出擊！

他們都戴著各種各式的面具。

不過目的都一樣：

一致。

出手的目的是為了：

救唐寶牛和方恨少。

戴上面具的原因是為了：

不讓官方認出他們來。

◇◇◇

如果再進一步推究下去：

為什麼不讓官方認出誰是誰？

——原因當然是因為他們仍要在京裡混下去。

至於：爲什麼他們偏還要在京城裡混下去，爲何不暫時逃出一陣子、避避風頭再說呢？

那是因爲：

他們還要撐持大局。

——不管是「金風細雨樓」、「象鼻塔」、「發夢二黨」還是「天機組」的局面，他們都要勉力維持；他們要是都撐不下去，偌大的京華武林，都得拱手讓給蔡京、有橋集團、「六分半堂」這些人爲所欲爲，而全沒人制裁、對抗了。

◇◇◇

他們全部衝殺過來如狼似虎，這般陣仗，龍八大喫豈止八驚，別說斫人頭了，嚇得幾乎連寶劍都丟了，急忙掀裾拔足就跑。

他一退，原已磨刀霍霍、蓄勢以待的「浸派」（掌門蔡炒）、「哀派」（首領余再來）、「服派」（頭領馬高言）、「海派」（老大言衷虛）連同隨行的禁軍官兵一起率領他們的門人子弟，迎擊自「回春堂」衝出來的人！

他們硬是要守住防線，不讓劫法場的人救走唐寶牛、方恨少！

可是守得住嗎？

守不住的！

◇◇◇◇◇◇◇

事實上，禁軍與官兵一見蜂湧狂飈而至的劫囚者的聲勢和殺法，可把他們嚇傻了。

因爲這些人真的是在械鬥。

而且是肉搏。

——甚至不要命。

這種純粹街頭械戰的打法，不講姿勢，不理招式，甚至連是否可以取勝都不重要，只以打倒對方、殺了敵人爲首要、而且成爲其唯一目標。

這跟在皇城裡慣養的蔡京部隊一般軍訓情形，大是有別；至於向來只有外厲內荏、只會欺民凌弱的官兵，就更是沒「見識」過這等場面了。

其中衝過來、衝了近來的爲首兩人，看他們已白髮蒼蒼，定必已上了年紀，身形且應是一男一女，但形同瘋虎，一上來只要近身的，不是給男的空手撕裂，就是給女的揮舞虎頭龍身拐杖摧倒。

這兩人一上陣，官兵禁軍就如同摧枯拉朽，只十六劍派的人還能勉強擋住一陣子。

除了一個人。

這是一個年輕人。

粗眉。

大眼。

這青年一直用一塊乾淨的純白色濕毛巾抹臉。

他一面揩臉（臉上的汗？），一面向前走。

他前面正是那一大群向外衝湧而至、戴著面具的劫囚悍敵。

他好像渾然不知。

他只顧抹臉。

一面前行。

——一副「雖千萬人吾往矣」的反其道而行的樣子，直行終有路式的，義無反顧的走去。

他彷彿就當前面沒有人。

三 一觸即有所應

他前面當然有人。

但誰都不能挨近這個人。

因爲挨不近去。

一靠近他的人（不管有沒有對他動手），都倒了下去。

他一直都用左手抹臉。

他右手一直都閒著。

也空著。

只見他的手（右掌）發出一種七彩斑斕的淺紫色，然後在別人一挨近他的刹瞬之間，他的手（尤其肘部）彷彿動了那麼一下下，那種反應好像已不是一般人的反應，也不是學武高手的反應，而是一種在傳說裡：「一羽不能加，一蠅不能落，一觸即有所應」的境界，完全像是心意一動，丹田之氣就立即抖決，爆炸般的發出了內勁，已經把來敵擊倒、消滅。

所以他繼續前行，也沒理會什麼，也不大理會別人對他怎樣。

他逕自前行，步十數，已站在「回春堂」的正中，搬了一張向著大街正中央位置的竹椅，便大剌剌的坐了下去。

他依然用濕布揩臉。

大力的揩。

不過，從他自行刑隊中、龍八身旁長身而出，一直走入「回春堂」裡，坐了下來，倒在他彩紫光華掌下的人，至少也有十六個。他的衣衫、白巾，也染紅了。

當他走入回春堂時，堂裡的雄豪全已掠了出去。

他們都旨在救方恨少、唐寶牛。

然而唐、方二人看到這種情形，直著嗓子大喊不已：

「要小心！」

「別惹他！」

「這小王八蛋是驚濤公子吳其榮！」

那年輕人把白濕巾徐徐抹了下來，露出了：

一雙濃眉。

一對星目。

還有笑容。

牙齒細而白，就像是兩錠銀子，擱在口裡。

只是，唐寶牛和方恨少這麼一喊，至少有四名「劫囚」的高手，立刻把注意力集中在這老是不停抹臉的年輕高手身上。

一個是率領這次「破板門」「劫囚行動」「發黨」方面群豪的「一葉驚秋」花枯發。

他知道「驚濤先生」不好惹。

但一定要有人制住他，至少，也得纏住他。

他是這次「劫囚」行動「破板門」方面的三大領袖之一，他一定要有所行動，他別無選擇。

另兩人就是那如狼似虎的男女長者。

他們當然就是：「不丁不八」——

陳不丁

馮不八

他們兩人自從上次在花枯發壽宴受辱以來（參閱《一怒拔劍》），對蔡京、龍八、刑部、白愁飛等派系的人，已可謂恨之入骨，這次他們一聽是次行動是劫救方恨少、唐寶牛（尤其是他們當日受制之時，也欠下方恨少相救的人情），立即放下一切，毅然參加，他們旨在爲雪當日的仇辱——他們只恨昨夜誅白愁飛之役，花枯發怎地沒通知他們能適逢其會，格殺那姓白的狗雜種！

他們夫婦當然知道吳其榮是「當世六大高手」之一，惹不得。

但他們一向最喜歡去惹不可惹的人。

他們會這樣想，除了因爲他們悍強、任性、好鬥的性子之外，更重要的是：他們的武林輩份高，凡有重大的戰鬥，理應卸不下肩膊。

還有一人，卻不如是。

他在武林中算不上有什麼地位。

他的武功好像也不太高（雖然他自己似乎並不知道）。

哦，對不起，不是他，是「她」。

「她」一上陣亮相，只見一刀溫柔得十分凌厲、凌厲得相當溫柔的刀光掠了下來，刀未到，她已戟指「驚濤先生」吳其榮大罵道：

「你這算什麼!?成天抹臉，沒面目做人乎？戴上人皮面具怕穿崩麼!?讓本小姐好好拆掉你的假面具，看看你的真面目！」

這些人裡，沒戴上面具，或全無青布幪面的，就她一個。

因爲她「大小姐」不肯戴，也不認爲有什麼好遮掩的。

大家都拿她沒辦法。

——遇上了她，誰也沒辦法。

◇◇◇

除了這四大高手，轉而回到回春堂，合擊吳驚濤之外，其他高手，都在一名緋巾幪面但腰身窈窕（因而可以肯定是女子）的高手破陣衝鋒之下，繼續衝殺向方恨少與唐寶牛這兒來。

龍八臉色鐵青，眼色卻已急出了臉，他向仍在沉醉於自己斷指中的多指頭陀催促道：「大師，該出手了吧？」

——他不只指的是多指頭陀，也在奇怪「七絕神劍」怎麼個個都成了泥塑的，對這喊殺連天的要害關頭，好像個個都不聞不問，事不關己、己不關心似的。

這樣的話，請他們來幹什麼？比隻狗都不如！

「你別緊張，他們跟菜市口那兒的方應看小侯爺、米蒼穹米公公一樣，是用來對付一個人的；」多指頭陀又伸出了他的左手食指，放到他肥厚的唇邊晃了晃，「你放心，好戲總在後頭，洒家不相信那個人就忍得住不來這一趟。」

這時候，霧仍未散去，但血已開始染紅了破板門。

稿於一九九三年四月廿七日：「身弓時期」至頂點；苦等V.S不至；影視大應酬／廿八日：起死回身、化危為安大轉機；首用「通寶」；與慧、何家和、梁應鐘喜極忘形日；「疊影狂魔」「接收」大失誤；終得重要文件，喜出望外；無端大進賬；溫羅孫何吳梁歡聚，交換水晶，怡豐行賞石，食於鮮胡椒；「鎮山之寶」出現我姓氏之「奇蹟」；大紫晶竟顯靈白衣大士側影；喜獲「山雨欲來」、「爆炸空間」、「霸」、「笑口常開」、「火樹銀花」；送「疊影狂花」一尊「紫如來」。

校於九三年四月廿九日：心滿意足；敦煌發付版稅；彩華處將轉來大筆版稅；金屋水晶大佈陣；喜獲「小潑墨」、「金獅振盪」、「嬌翠欲滴」、「香閨」、「芙蓉塔」、「富貴花開」、「地心細胞」、「藍芽」、「奇緣洞」、「鴛鴦」、「發電機」、「孔雀綠」、「神祕飛彈」、「蒼穹」……瘋狂大採購／三十日：旋付「金血」、「紅電」、「藍牙」之版稅；我與L・S・W聯簽成功；DAVID SUN、VIVIAN LOH、CANDY HO、JOHN KYNG、SWAN WOON、BIG MOUTH大食歡聚於灣仔竹家莊漁人碼頭；麒仔傳真可愛；聯電英；江蘇文藝出版社電傳要發表《絕對不要惹我》並要出版《傷心小箭》另約出新書。

第六章　霹靂手段

一　霹靂神捕

破板門這兒，菜市口那兒，全起了血戰，全為了要救方唐二人，且全都在等一個人——

◇◇◇

王小石啊王小石，你在那裡？

你到底在那裡？

◇◇◇

在「別野別墅」裡坐鎮的蔡京，心裡也正好在問這一句話。

當然，他要王小石出來，他要迫王小石出現，都不懷好意。

片刻前，「托派」負責人黎井塘與兩名佩劍手下飛騎入別墅，表示那干亂賊匪黨真的以爲方恨少和唐寶牛是押往菜市口斬首，所以已經動手救人了。

——好極了，只怕他們不來！

——來了就走不了了！

他早已胸有成竹，分派人手，既來了就絕不放過，務要一網打盡。

他也向來是個斬草除根、除惡務盡的人。

但他還是很有點不滿意。

因爲有一個他最注重的人，還沒有出現：

王小石！

◇◇◇

只要王小石未來，那一切部署，都沒了意思！

——就像畫龍而忘了點睛。

他費了那麼多的功夫，花了那麼大的勁兒，爲的就是把這個時來風送滕王閣、時勢造英雄，身兼「象鼻塔」塔主和「金風細雨樓」樓主的王小石，一舉成擒，擒不了，就當即殺了，總不成讓他連「六分半堂」總堂主和「迷天七聖盟」總盟主都當上了時才剷除他吧！

可是他還沒來。

他仍沒出現。

蔡京覺得很遺憾。

簡直還若有所失。

直至「頂派」領頭的屈完，又帶兩名心腹弓箭手打馬趕至。

◇◇◇

果然，那干亂匪盜寇也不易誑，另一撿人跟蹤到破板門，還是前仆後繼的去找唐、方二人！

可是……

不過——

居然王小石竟然還沒有現身！

——這怎可以!?

那還了得!?

——這倒意料之外！

◇◇◇

雖然一切盡在他掌握之中：今日那股匪寇就算不全軍覆滅，至少也得元氣大傷——要是皇上今日批下把大內高手任他調度，他還可擔保殺得一個不剩；就是那諸葛老王八先行啓奏聖上，賣了不知什麼樣兒的乖，居然使皇上龍顏大悅，批了他的奏本，一個大內高手也不許遣派，連禁軍中的親兵和御前侍衛，也不許他派出皇宮，使他只好盡遣自己軍中親信和京師武林中的實力，實行以綠林人物對付江湖幫會，他自己也得坐鎮較接近破板門和菜市口等地的「別野別墅」，第一時間收集戰情，便於策劃分派，調兵遣將。

他已穩操勝劵。

但他一向老奸巨猾，雖已勝劵在握，但並沒有因此得意忘形。

他反而加倍小心。

他一早著人監視諸葛先生。

——那諸葛老鬼好像準備賴在皇宮裡不出來了。

（好在宮裡也有我的心腹，再說，皇上也寵著我、厭著他，諒他也搞不出什麼個龍騰虎躍來！）

——這一次，他要京城各路豪傑好好看一看他的霹靂手段！

◇◇◇

不過，他的霹靂手段仍未施展，那幾個給那些傖夫俗子村夫愚婦們奉為「霹靂神捕」的四隻諸葛小花所豢養的走狗，似有所異動。

今日未破曉前，他們在發生所謂「王小石狙襲諸葛先生」事件之後，便離開了「神侯府」。

蔡京當然不會認為他們這幾個擅造作的傢伙是出動去捉拿王小石的。

可他也沒想到：這四人竟會明目張膽的來了「別野別墅」附近。

——難道他們敢與自己直接交鋒？

——他們竟敢目無王法得連一國之相也敢太歲頭上動土麼？

——就算他們豁出來要鬧事，但一向老謀深算的諸葛正我會讓他門下四個最得意的徒弟一次過把他的政治本錢耗盡麼！

不可能。

——那他們所爲何事而來？

蔡京早有防範，亦佈好了局。

他一早吩咐自己四個兒子：蔡儵、蔡絛、蔡翛、蔡絛，一對一各纏住一名捕，表面上是請教公事，實際上，只要四捕一有異舉，便可馬上知悉；四捕想要玩啥把戲，就算化裝易容，也撇不開他的四個孩子；他這四個兒子不見得是什麼乘風破浪、翻天覆地的人物，但只要一個把住一個，便等於廢了四大名捕，那就是大用了。

他諒他的四個兒子也不致有遭人殺害挾持之危——他們若在冷血無情、鐵手追命身邊出了事，四大名捕還能在江湖上混嗎？八百個罪名他都栽得上去了。

他只仍是不明白：四大名捕今晨那兒不去的，偏要來他坐鎮的這兒一帶！

動機是……

理由是……

他一時也想不出來。

他想不出來的還有王小石的動向。

他已安排「菜市口」一陣中以米蒼穹和方應看「釘死」王小石。

——假如王小石出現於菜市口，米、方、王三人便得決一死戰。

這一戰無論誰死，對他都一樣有利。

所以他只運籌帷幄，任由他人決死千里。

——如果王小石現身破板門，七絕神劍、多指頭陀和驚濤先生都正候著他呢！

他在「破板門」那兒佈了較多的高手，主要是因為他曾跟王小石朝過面、交過手；他知道王小石雖然年輕、馴品、純，但並不易誑、絕不易受騙。

他不相信王小石會把自己的實力消耗在「菜市口」那兒。

只有「破板門」才真的有人犯：

唐寶牛、方恨少——這兩人已成了他手上的「餌」。

想到這兒，他不禁很有些志得意滿。

看來，他不但在政權政爭上把敵手一一鬥倒，到而今滿朝幾乎鮮有人（除了諸葛這老王八！）能與他爲敵，連武林豪傑、綠林英雄，在他手上，也照樣任意戲弄，縱控自如。

他得意起來，便張開了口，仰首噢了一粒葡萄。

◇◇◇

當然不是人人都可以在這種時候、這種方式吃得了葡萄的。

蔡京卻能。

而且，除了葡萄之外，桌上有的是奇餚異果、山珍海味。

而且，餵他的是美女。

還有他的妾侍。

不是一個，今日在他身邊的，就有三個。另外還有十二個正在曼妙的奏樂跳舞，只怕遲早都會成了他的妾侍或情婦。

除了這一個，那是他特別鍾愛的一個女兒：蔡旋。

就算在這種玩樂的時候，他也防範森嚴。除了別墅裡遍佈高手之外，他身邊還有兩個「數字」，只要這兩個「數字」所代表的人在身邊，就萬夫莫當，千軍萬馬亦無足懼。

其中一人瘦瘦長長，陰陰寒寒，彷彿是鬼魂而不是真的人。

這人雖然可怕，但更可怕的是他的包袱：他包袱裡是當今之世最可怕的兵器，但誰也沒見過那是件什麼兵器。

看過他打開包袱的人都已經說不出那是什麼，而且已永遠都說不出話來。

他就是「天下第七」。

◇◇◇

公孫十二公公曾笑謂：「天下第七的可怕，是在他肯自認是『天下第七』。以爲自己是『天下第一』的反而不可怕，因爲那只是不自量力、無知之輩，但真的經過精密估計，能排到當今天下第『七』的人，試想，天底下只在六人之後，這種人實在可怕。」

不過，當時大石公卻有補充：「天下第七固然可怕，但一爺更惹不得。」

「一爺」是誰？

——一爺是御前帶刀侍衛的領頭。

他帶的是什麼刀？

一把很長，很長，很長長長長長長長長長長長的刀。

足有十七尺八寸長。

他穿藍袍。

藍得閃亮。

臉很紅。

眼很瞇。

鼻很鉤。

眉如火，呈銀。

他的人很安靜。

頭髮很長。

他抱著刀盤膝而坐，但常又作傲慢無禮的呵欠，居然在蔡京面前，也敢如此。

他是蔡京身邊另一個「數字」：

人稱「一爺」而不名之。

——他雖給人稱為「爺」，但其實年齡卻只怕三十五不到，而且樣貌還要遠比實際年齡年輕許多。只不過，仍讓人稍覺他「太安靜了一些」。

◇◇◇

老實說，有一爺和天下第七都在這兒護著，蔡京還怕什麼？還用得著擔心什麼？

就算四大名捕一齊捨命衝了進來，他都不必驚起變色呢！

——你說呢？

二 放輕鬆

葡萄。

醇酒。

美人。

高手。

——這些全都在蔡京身前，垂手可得。

他背後是牆。

牆上雕著一條栩栩如生的龍，張牙舞爪，雙目還鑲著紅寶石，漾出血色的異芒。

這對蔡京而言，是一種權力的象徵，也是一項殊榮：

不是人人都可以把一條代表九王之尊的龍像就擺在自己座椅之後的石壁上的，那還是趙佶特別恩寵他，還親下詔叫工匠到自己住處來雕上去的，以示推愛至深。

從這一點上，就可以想見蔡京在趙佶面前多叫紅！

蔡京當然爲自己能受到皇帝的寵信而得意極了，但他趾高氣揚得十分小心翼翼，他常先聲奪人的打擊政敵，使人錯覺以為皇帝和朝廷文武百官必然支持他那一邊，以致不遺餘力的跟他一齊致政敵於死地，從今便同一陣線，再無退路。

然而在皇帝跟前，他就十分謙卑恭順，偶爾還做些小動作，故顯魯直，使趙佶還常笑他：「蔡卿實在太鯁直了，難怪常受群小所誣。」他的手下常在民間作威作福，藉建造以他為神的「九千歲廟」而剝削斂財，一旦有人膽敢（也千辛萬苦的）告到皇帝那兒去，但早給他哭訴並曲解成：「臣為聖上建長生祠而遭刁民貪官所嫉。」反而贏得皇帝嘉獎，把彈劾者交予他治罪。

蔡京也寫得好一手書法，花鳥工筆也有出色造詣，但在趙佶面前，他常自貶身價，因深知皇帝好勝心情，故亦非一味阿諛，有時欲擒故縱，以退為進，使皇帝對他種種唱做俱佳的表演，信以為真，對他更加顧恤信寵。

例如有一次，蔡京微醺狂書：「朝天帖」，竟誇口說是：「縱非天下第一帖，也當世無人能及。」及至他興高采烈，攜帖入宮呈趙佶雅正之際，驀見御書房竟書有「天朝」二字，他竟呆立當堂，逾三個時辰不言不語，後侍監揩藥摩穴兼強灌薑湯，他才喃喃自語：「好書妙法，那是天筆地法，非我輩所能企。」重覆此語，逾一時辰，狀若半痴。

趙佶聞訊，不禁莞爾，親請樹大風為他灌醒神藥，勸他書畫講究天機火候，不必對藝術境界追求太過執著。這位養尊處優的九五之尊當然不知，他身邊的人早已暗中通知蔡京：皇上已書「天朝」二字，且甚有得色，自語：只怕其中筆力妙處，無人識得。蔡京聽罷，便演上這一場好戲，也不到趙佶不信以爲真，不引蔡京爲知音。

這一幢龍牆，便是趙佶一高興就著御匠替他建造的。

蔡京每有飲宴，從來不肯背向門口而坐。他必要背倚牆、柱或厚重之物，面對出入甬道，對往來人事可一覽無遺，始肯安座。

他而今便是這樣。

儘管他已派遣出多名高手對付京師中的武林人物，但他身邊仍有一流高手匡護；但就是這樣，在聽歌賞舞飲酒擁美的時候，他仍背靠牆而坐，不改其習。

他呷了一口酒，笑問：「你們說說看：王小石會不會落網？」

一爺道：「他若來了就得落網！」

蔡京道：「那麼，他會不會來？」

他不知道方應看不久前也向米公公問過同一問題，但兩人身份不同，問法也很不一樣。

蔡旋說：「我看他才不敢來。」

一爺說：「他若不來，他的兄弟都出動救人，他這輩子都當不了好漢了。」

蔡京轉首問天下第七：「你說呢？」

天下第七只說了一個字：「會。」

蔡京聞了聞酒香，又聞了聞身畔的女人香，居然還捏了捏自己女兒蔡旋的盛臀，說：「我也是這樣想。他是不會不來的。王小石是輸不下這口氣的。」

天下第七始終站著，站在蔡京左側五尺之遙，像一道影子，始終沒坐下來。

他說：「他是會來的，只不過，不知道他是怎麼來？去那裡？」

蔡京似乎很有點感慨的說：「王小石看來天真，但實工於心計，貌甚淳樸，但委實機詐狡獪。他倒甚似一人。」

一爺哼聲道：「方小侯？」

蔡京不置可否，只說：「方應看看來可比他更謙讓恭順。」

這時，外邊有人通傳：

葉博識已領「神油爺爺」葉雲滅趕到了！

「好吧，他來了，」蔡京顯得有些微奮亢，「快請。」

葉雲滅的年紀實在不算太大，長髮白靴，但白色靴子因過於陳舊已呈灰色，髮頂已略見禿。

他的唇拗成「凹」字，顯示出他堅決而孤絕的個性，眼裡常在經意與不經意間都殺氣大露，一眼便可看出他是那種不知收斂爲何物的人。

他一路走進來、走近來，對一爺和天下第七，都顯露了倨傲的態度。

對其他的人——就算是那些載歌載舞的美女——他正眼也不看；但往斜裡看去，他的眼神又像在斜著打量每一個人，尤其是女子。

連對蔡京，也十分詭然。單看他的樣子，也不知道是對蔡京恭敬還是藐視。

他簡直像是一張繃緊了的弓拉滿了的弩一般的走了進來。

他精神、氣勢都十足，而且精氣、鋒芒直迫人前，每一步都像直搗了黃龍，每一次顧盼都展現了威風和殺度，每一舉手一投足都好比一個奏樂的大師恰到好處的爲他的音樂打下了拍子。

他虎虎有威。

他有氣勢。

他定。

當他走近，他的子侄葉博識正要開口，蔡京卻已經笑著說了一句話：

「你太不自然了！」

這句話「轟」的一聲，猶如一記霹靂雷電，正好擊在葉神油的腦門上！

◇◇◇

葉雲滅躋身於「當世六大高手」中，絕非浪得虛名之輩。

他早年曾苦練內功，但並沒有出色的成就，加上先天的息亂氣弱，而且他又是個十分沒耐性的人，無論他再怎麼苦修，也無法成爲內功頂尖高手，他只有頹然放棄。

他改而習刀法。

可惜，他在刀法上欠缺了的是天份，刀法練得再熟練，跟一級刀法名家相比，始終差了一截，所以他又中途放棄。

這一次，他改習槍。可是他的體形、骨格，根本就不適合練槍。他練了三年槍法，什麼槍都練遍了，有一次適逢其會，得以目睹諸葛先生使了一套「驚艷槍」，他的「驚艷」之後，換來的是絕對的頹唐。

從此他再也不練槍。

這時候，他以爲自己這輩子再也無法在武功上「出人頭地」了：他可不甘廁身於二、三流高手的行列中——這樣子的「高手」，多一個少一個有什麼關係？有他、沒他、又如何？

他可不願當無名小卒。

所以他這回改而讀書。

苦讀。

可惜他也一樣不是讀書的料子，讀了七、八年，只能讀，不能悟。他終於知道自己再讀下去，別說比不上真正的讀書人，甚至這七、八年的苦功加起來，還比不上自己練一年的劍，所以，他又讀書不成，而且真正改而去學劍。

他真的是練劍，而且不只練了一年的劍，而是一練就練了三年。

這時候，光陰荏苒，歲月蹉跎，他亦已屆中年了，江湖上他的字號不算響，武林中也沒他一席之地。

他希望從劍法上熬出頭來，要不然，就一輩子出不了頭了。

可是，練了三年，他已可以斷定，他這一輩子，在劍法的修爲上，他是不可能會有大成的了。

不過，這一次，他反而並沒有絕望。

因爲他發覺了一件事：

他的劍法雖學不好，但卻在無意中發現，他在掌功上卻很有天份！

本來，他在掌法上極可能會有極大成就——如果他不是不幸遇上「驚濤先生」吳其榮的話！

吳其榮比他年輕。

年輕人有一個特點：

那就是氣盛。

吳其榮練的掌法，不同於各家各派；據說，他練武的地方，是一個奇大奇異的山洞，洞裡佈滿了紫色的水晶靈石。

晶石是一種奇石，也是一種靈石，它沉積在地底裡，至少要經過億萬年以上經過幾次大爆炸地形的整合後才能形成，而且還得要再經過以億數年月的地殼變動才能成型。它有一種神秘的力量，甚至還有多種特異的功能，故而，被列爲「佛門七寶」之一，而吳其榮就在這神奇的境地中創練他的掌法。

是以，他的掌法不同於一般門派的掌功，卻能冠絕同儕。

他的掌法有五種境界：

第一層，他的掌法會發出色彩來：其中以閃耀出七彩斑斕的紫色爲最高段。

第二層，他的掌法會發出聲音來，而且是宛如聖樂的音調，令人迷醉，非常好聽。

第三層，他的掌法會散發出香味，敵人聞之，心馳神搖，很容易便爲他所趁；但他本身卻並沒有發放任何迷香之類刺激嗅覺的事物。對手只覺飄來陣陣幽香，香味愈濃，死得愈速。

第四層，跟他交手的人，不但是四肢在交戰，連舌頭味蕾，也感到特殊刺激的味道，甜酸苦辣，兼而有之。

最後一層，是給他的掌法擊中或接觸過的人，都有一種「欲仙欲死」的震動，然後在一陣子「快活過神仙」的感覺後，便真正的「死」了。

由於他的掌法自成一家，天下正宗的掌法高手，連同修練邪派掌功有成的人，都藐視他的成就，要跟他一較高下。

吳其榮當然接受。反正，他們不來找他，他也會找他們。

「一較高下」的結局往往是：

他高，他們下。

有的人要是找驚濤先生是「一決生死」，那結果更明顯：

——他生。

——敵手死。

財大氣粗，勢大聲壯，勝利累積多了難免也使人更氣盛。

雖然吳驚濤自己心裡明白：他的掌功缺失在那裡？他要面對的問題是什麼？他這套掌功練成後會有什麼後果？但這些困擾和壓抑，反而使他更想利用這套令他付出重大代價的掌法來名震天下、技懾群英。

是以，他聽說有個葉雲滅練成了一套很奇特的「失足掌」，他便找上了「神油爺爺」。

吳其榮棄自己父母爲他而取的名字：「其榮」不要，而自號「驚濤」，擺明了是想自己一生能「驚濤駭浪」，非要在江湖天下捲起千堆雪而不能心足。

爲此，他當然會去挑戰葉雲滅。

葉雲滅年紀大了。

但他有一個性子，卻與吳驚濤相近。

簡直還完全相同：

那特點就是：

氣盛。

——吳驚濤是年少氣盛，葉雲滅雖然年長，但也一樣氣盛。簡直還盛氣凌人。

因而，他跟吳驚濤一湊合，馬上就爆開了火花。

兩人說不到三五句話，便不用口講話了。

他們的話，已改用手來說。

是謂「講手」。

◇◇◇

這一次「講手」的結果是：

吳驚濤勝。

他年紀雖輕，但在掌法修爲上卻要比葉雲滅多浸淫了許多年。

他的「活色生香掌」雖然打敗了葉雲滅的「失足掌」，但也迭遇凶險：

「失足掌法」的妙處，是以極奇特的步法來配合掌法的運用，看似一失足間，以爲有機可趁的，便立時毀於他掌下。

不過，他與吳驚濤的交手，至多只打到「活色」，還未「生香」，葉雲滅已目爲五色所迷，他雖氣盛，但更珍惜他自己的老命，立即且戰且逃、邊退邊打，總算能保住性命。

這一役之後，發生了兩件事：

一、他與吳驚濤誓不兩立，總之，驚濤書生站在那一邊上，他就一定與之對立、跟他作對到底，完全不問原由、不分皂白。

二、他放棄掌法，練拳。

這一下子，他在拳法上苦苦浸淫，終於有了大成。而且，他也發現了自己一個特點：原來他在拳法上比掌法還要有天份！

這本也極其合理：拳掌都是用一雙手爲攻擊防守的武器，擅掌功者攻習拳法必較易上手、容易成功。

葉雲滅練成了「失手拳」，並再戰吳驚濤。

這一次，吳驚濤再也勝不了他。

可是也並沒有敗。

他們兩人都傷了，但誰也沒有敗。

只是俱傷，並沒兩敗。

其實這對葉雲滅而言，已經形同勝利了：因爲他前一次與吳驚濤交手是鎩羽而歸，這一次居然能戰成平手，等於是另一種形式的得勝了。

不過，葉雲滅雖和了這一戰，但也並不好過。

他為吳驚濤所傷。

重傷。

這傷重得使他在這一戰後的八年裡，每天都得要外敷內服一種藥，才能抵住傷口的迸發和復發。

而這一種藥油，是遠來自天竺的奇藥，搽下去、服下去，都有一種像鹹魚一般的異味，這使得一向好擺架子、重威勢的他，每天都得為此服、敷下不少香料才能勉強掩飾部份的臭味。

經這一役，葉雲滅終躋身入了「當世六大高手」其中之一。

同樣，吳驚濤在這一役也沒討著了便宜。

他給葉雲滅的「失手神拳」擊中，所以，全身容易冒油發汗，內熱難當，以致成天都得常常洗臉揩面才可以降溫減熱。

這些症狀也使一向注重儀表的驚濤書生痛苦莫名。

這使他也恨透了神油爺爺。

葉雲滅雖然一戰成名，但因要每天都得吞服大量的天竺神油（所以江湖人稱之爲「神油爺爺」，雖然他自己當然極端不喜歡這個稱號），而這些藥酒又價格十分昂貴，所以，當他達到他人生第一階段的理想：要在文才（這當然已是不可能的了）或武略上，有極出色及予人已經認可的成就——這之後，他還有三路理想並進：

他要賺很多很多的錢（至少使他可以繼續購得神油）。

他一定要打倒吳其榮，他與驚濤公子已立下不解之仇（同理，吳驚濤也立下非殺葉雲滅不可的決心）。

他還想望能一展身手、大展抱負，能展身手、抱負之途徑，那當然是莫過於憑自己的身手，來謀個官職當當了。

所以，他今天才來拜會蔡京。

而且，他今天來拜會蔡京的心情，才會十分緊張。

一個人，武功再高，才學再厚，地位再高，只要一旦有求於人，那麼，再也難以挺得起背脊壯得起氣來。

誰都是這樣子。

葉雲滅也是這樣。

他可不想當一輩子武林人。

他更不要只當一個江湖人。

他要權，他要地位，他要名成利就。

所以他要當官。

而且是大官。

當他一旦有了這個「想望」，他就有求於人了，自然，就再也自然不起來了。

非但自然不起來，而且在內心裡，還十分緊張。

他在來「別野別墅」之前，曾經反覆思量細慮：

他的機會來了。

蔡京是朝中舉足輕重的大人物。他只要一高興，就可以提擢自己，成爲炙手可熱的人物。

不過，若倒反過來，他要是討厭自己，一怒之下，就可能會招來麻煩，甚至還惹來殺身之禍。

蔡京肯召見自己，當然是因爲重視或正視自己的存在，可是，不一定就會重用自己；要是今天不趁這個機會好好表現，機會一旦錯失了，不見得就會有第二個，不見得蔡京還會召見自己一次。

所以，他一定要把握這一次機會，好讓蔡京對他印象深刻。

可是，該如何把握？應怎樣表現呢？

這就難了。

蔡京位高權重，手底下什麼人材沒有？什麼高手沒見過？自己要是巴結逢迎，會不會反而給他瞧不起？自己如要表示忠心賣命，蔡京會不會已司空見慣，不爲倚重？自己要是一味爭鋒逞能，萬一反惹怒了相爺，可不是吃不了兜著走，碰了一鼻灰後還給撞得一額血嗎！

那麼說，該如何辦是好呢？

所以，葉雲滅說真的，是很有些緊張。

畢竟，蔡京是他平生到目前爲止，所見的最大的官兒。

不是人人都可以見著這樣子的大官。

不是時時都有這樣的高官可見。

是以葉雲滅非常珍惜。

非常重視這個機會。

這使他輕鬆不下來，一直在想：我該倨傲好呢？還是謙恭些好？我若是兇巴巴的，會不會惹相爺厭？我如果服貼貼的，會不會讓人瞧不起？……

一時之間，他也不知怎麼對待蔡京是好。

卻沒想到，蔡京一見他，彷彿已瞧出他內心的一切惶惑，第一句就說：

「你太不自然了。」

的確，他就是不自然。

而且簡直是太緊張了。

他還沒來得及開腔，蔡京又補充了一句：「放輕鬆！」

是的，目前他最需要的是：

放輕鬆！

放輕鬆。

可是，世上有多少人能說放就放？

如果不能放，又如何輕鬆下來？

就算能放下的，也不一定就能輕鬆下來：君不見得古今中外，多少英雄豪傑、帝王將相，說放下了，事實上仍牢牢握在手裡，心裡念念不忘、耿耿於懷。

可不是嗎？

放下不只是手裡的事；真正的放下，是在心裡的。

是以，有的人，擺出來是放下的樣子，但心裡可曾逍遙過？也有的人，從來看破了，所以雖然還拿著，但心裡一早就放下了，反而落得自在。

有些人口口聲聲說放下，其實是根本就拿不起。

故此，放不放下，不是在口，不是在手，而是在：

心。

放手不是放心。

無心才能放心。

——如果本就無心，還有什麼放不放心的？

拿得起而又放得下的，就算天下豪傑，也沒幾人能說放就放。

拿得起而放不下，也沒什麼丟臉，因爲世間英雄，多如是也。

最可憐的是明明是拿不起，而又裝放得下，或是明明是放不下的，偏說已放下了，自欺欺人，其實除了自己，還欺得了誰？

所以說：拿得起，放得下，情義太重要瀟灑。

三 愛極恨極

蔡京沒有太可怕的虎威。

就算有，對葉雲滅這種身經百戰的人來說，也沒什麼可怕的。

蔡京也沒啥官威。

官架子多是中下級官員才擺的，一個人官做得夠高夠大之後，替他擺官架子的反而是他的部屬，他本人如果夠明智的話，多只爭取親民、親切的形象。

蔡京甚至不大刻意去營造什麼威勢。

因爲他已不需要。

以他目前的聲威，有誰不知？有誰不敬？有誰不怕？他已不需要再嚇唬人，他的權力地位已夠唬人了。

就是因爲這樣，所以更諱莫如深，更令人不知底蘊，更可怖可怕。

葉雲滅就是怕這個。

他不知道蔡京是個什麼樣的人？會喜歡什麼？不喜歡什麼？一直爲此揣測，這才會愈發可怕。

蔡京卻十分溫和。

他說：「你別緊張，坐下來好好談談。」

葉雲滅越想自然些，可是全身更加繃緊，「太師找我來有什麼事？」

蔡京直截了當：「我很忙，說話也不拐彎抹角了。我知道你很有本領，拳法很高明，不是嗎？」

葉雲滅臉上一熱，嘶聲道：「我……太師麾下，高手如雲，我不算什麼。」

蔡京一笑：「你要是不算什麼，那沒什麼算什麼了。我想重用你，不知葉爺有什麼高見？」

葉雲滅這回只覺心頭大熱，啞聲道：「……我願爲相爺效死！」

「好，」蔡京舒然道，「由於我對你是破格擢升，怕別人口裡雖不說也在心裡計較。我聽說你的『失手拳』天下無雙，你就給我露一露相，好在大家面前作個交代，教其他人也心中舒坦些，可好？」

葉神油只望有一天能從武林走入宦途，對他而言，這才是正道。而今得相爺賞識，他巴不得盡忠效命，以報劬勞，更要顯示實力，爭得太師信重。

當下他厲烈的問：「太師要我怎麼出手!?」

蔡京彷彿也給他剛厲的語音嚇了一驚，隨後不以爲怪的一笑道：「你先不必緊張。」

然後問：「你知道王小石這個人？」

葉雲滅道：「曉得。」

蔡京道：「你沒見過這個人吧？」

葉雲滅：「沒見過。」

蔡京：「你對他印象怎樣？」

葉：「壞。」

蔡：「爲什麼？」

「因爲他跟太師作對，那就是他的不對！」

蔡京一笑。

「咱們不講這個。要是我要你殺了王小石，你會怎樣？」

「殺。」

「怎樣殺法？」

「用一切可以殺死他的方法殺了他。」

「你怕不怕他？」

「怕他？」

葉雲滅馬上光火了。

「好，我就當你不怕他。」蔡京笑目一厲，「要是真的不怕，我要你今天就殺了他，你準備好了沒有？」

「我隨時都可以收王小石的魂！」

「那要是他今天就在這兒呢？」

「什……麼!?他在這裡!?」

「對，要是他在這裡，你殺不殺得了他？」

「他在那裡!?出來！我要殺了他！」

「好，假如，你知道他就在這兒，你要在這些人裡選一個最可能是王小石的，揪他出來，且試試看你殺不殺得了他！」

蔡京藐藐然斜睨著這脾氣大的中年漢。

葉神油立即全身繃緊，他恨不得立即就爲眼前權高望重的賞識者效忠效命效力效死！

「誰是王小石!?出來，我殺了你！」

只見一人長身而出，說：

「我是。」

葉雲滅緩緩回身，只見一個人，身著藍袍，臉很紅，眼很眯，鼻子很鉤，銀眉如火，頭髮很長的人。

他手上抱著一把刀。

一把很長很長很長很長的刀。

這人還打著呵欠。

他打呵欠的時候，予人一種很安靜的感覺——卻不知他在打噴嚏的時候是不是也這樣？

◇◇◇

葉雲滅厲聲問：「你是王小石!?」

那安靜的人，安安靜靜的點了點頭。

神油爺爺大喝一聲：

「吃我一拳！」

這安靜的人也還了一記：

「看刀！」

兩人各發一招：

倏分倏合。

◇◇◇

他們交手一招。

只一招。

然而這一招卻有著許多變化。

看不懂的人，如別墅裡一名總管「山狗」孫收皮，便覺得很失望：怎麼搞的？悉聞過一爺是御前第一高手，只斫了那麼一刀，而且那一刀，還軟綿綿的、不著邊際的、甚至毫無刀風殺氣的！

這一刀，看去簡直是溫柔多於肅殺，媚俗多於傷人。

聽說這人便是當今六大高手之一，也是當世第一拳手，那一拳，打得固然石破天驚，但只攻了那麼一拳，又雷大雨小，雲散雨收，那一拳，已不知道打到什麼地方去了。

只見一爺那一刀，就斫在神油爺爺的拳眼上，然後，收拳的收拳，收刀的收刀，全都像落雨收柴，沒了下文。

嘿。

這是什麼拳？

這算是什麼刀!?

◇◇◇

算是懂得看一些的，像「頂派」頭頭屈完，就看得一知半解。

他清楚知道交手只一招。

可是他隱約發覺箇中似乎還有很多式，而且還有多種變化。

但他一個變化也看不清楚。

他唯一比孫收皮看得清清楚楚的是：

那一刀，不是斫在拳頭上，而是那一拳，直擊在刀背上。

之後，刀和拳都不見了。

屈完突沒來由的，覺得一種劇烈的愛意，竟是越格破禁，對向來刁蠻愛嬌，現臉上正掠著惶艷之色的蔡旋，忽爾生了思慕之情。

同時他又感覺到一股強烈的恨意，不知從什麼地方激發出來，使他背脊只覺得一陣一陣的發麻，甚至連皮膚也因發寒而炸起了雞皮。

怎麼會有這突如其來的愛？

那兒來的這一陣子的恨!?

看得懂的，像「天下第七」，只在那麼一瞥之間，已相當震怖，十分震驚：

因爲這交手雖只一招，卻已恨極愛極。

天下第七曾在元十三限手下學得「仇極掌」，由於這是元十三限只傳子不傳徒的絕技，是以當年在「發黨花府」時他爲對抗王小石的「仁劍」而施展這種掌法之際，也著實使在同一門派中的王小石驚疑不定了好一陣子。

那是一種仇極了的掌法，每一掌的施爲，猶如深仇巨恨，絕不留餘地，更不留活口。

他還有另一種自己通悟出來的秘技：「愁極拳」。

那是「仇極掌」的更進一步，每一拳帶出來的愁勁，足以像一江春水向東南西北四方迸流而去，把敵人溺斃淹殺始休。

只不過，現在，他卻只能嘆爲觀止：

因爲那一刀裡有七個變化，那一拳中蘊十一個套式，但每一式每一個變，都是愛極了，也恨極了。

變化招式並不出奇。

但這一刀一拳中所蘊含、所透露、所發放、所迸濺出來的愛心恨意，才是令人震畏、無法抵擋的。

愛到狂時足以殺人。

恨深無畏！

◇◇◇

天下第七雖然精於「仇極掌」、擅使「愁極拳」，但他卻不是一個愛惡分明的人。

甚至可以說，他沒有什麼特別的愛惡，也不怎麼恩怨分明。

他是一個很有本領的人。

他的本領是殺人。

他要殺的人，一定殺得著。

他也是一個很有才華的人。

他的才華在於學武。

他很快便能學會一樣武功，而且完全能成爲自己的獨門絕藝。

這點不是人人都可以做到。

很多人，只能躋身於武林中人，並不能出類拔萃，主要是因爲只能擬摹，止於模倣（甚且只一味抄襲），而不能推陳出新、自成一派，是以充其量只可成爲高手，絕不能晉爲宗師。——可惜有太多的人和大多數的人都沒這種自知之明，否則，只怕敢再在武林中混下去的，所餘無幾。

天下第七則不。

他勤學。

能消化。

善悟。

他的武功、招式、殺人的方法，全有了自己的風格。

所以，他的武功很高。

他的殺傷力很大。

他的風格很強烈。

可是他卻不是一個很有辦法的人。

「很有辦法」——這四個字，通常都是指在生活上、在現實中所需求的事。這些事，很重要，但對很多才子、佳人、滿腹經綸之仕和武藝高強的大師而言，卻是一籌莫展的大問題。

但是，只要解決不了這些現實生活裡的事，你有天大的本領和才學都沒有用。

因爲沒有人會用你。

只要沒有人用你，你便得給丟在黑暗闇晦的角落，在發霉、生鏽、腐蝕、最後也得成爲廢物。

有材之士最怕的就是這個。

是伯樂的怕沒有千里馬。

但千里馬更怕沒有伯樂。

伯樂找不到千里馬，還可以找百里馬和其他次選的馬，千里馬沒有伯樂，可能這一輩只能拉車柴架馱垃圾的，永劫不復。

殺人是不能過一輩子的。

所以他需要元十三限。

只有元十三限才能指導他的武功繼續上進。

但他更需要蔡京。

只有蔡京才能使他不愁衣食、享有官祿名位，只需以他之材去爲蔡京做事，那麼，他可以要什麼有什麼，不必去冒太多的江湖滄桑、歷不大必要的武林風波險惡了。

誰不喜歡享受？

誰都有過迷惘的時候，縱是絕世才智之士，也需要去相信一些事、執迷不悟，或信任一些人、盡忠到底。

連絕世之才如王安石、司馬光、諸葛亮等亦如是，又教凡人焉能免俗？就算能捨棄一切的方外高人，也難免信佛拜神，又有誰對生死契闊、何去何從不曾迷疑過的？

誰都希望在心靈裡能有箇依歸。

天下第七也不例外。

他雖學仇掌愁拳，但他向來淡然，其實更是冷酷，因而並不算太仇、太愁。

但葉神油和一爺則不同。

他們一出招，便大愛大恨。

——只有大恨大愛的人才能使出這種極愛極恨的招數。

雖然這一招已相互抵消，但對天下第七而言，已造成不少震動。

——卻不知蔡京怎麼看法？

◇◇◇

到底，蔡京會不會看？

蔡京捫著鬍子，彈著尾指指尖，長長的狹眼瞇了又瞪、瞪了又瞇，只漫聲道：「哎呀，你們交手那麼快，我怎麼看得及哪！」

又說：「誰贏啊？」

向葉雲滅問：「你贏了吧？」

又往一爺說：「你也沒輸吧？」

然後向仍在劍拔弩張的葉神油慰道：「你別認真。我只試你一下。他是御前一等帶刀護衛大統領一爺，不是王小石。既然你們雙方都沒掛彩，大概是功力相若。那就好了。我決定擢升你在我身邊候命，封為京都奉天右護命少保，你意下如何？」

——就連天下第七，一時也看不出來，這相爺到底是會不會看那一招？看不看得懂那一招？究竟蔡京要的是那一招？他是不是正向一爺神油等也發了一招無招之招？

到了葉雲滅驚喜之餘，仍心有不甘的問：「……那麼，誰是左京都奉天護命少保？他？」

他忿忿不平的盯住了含笑拱手而退的一爺。

「不是。」蔡京連忙澄清，「一爺是聖上才用得起的大材。少年出英雄，我說的是文先生，人稱『天下第七』……」

說著，他突兀的笑了起來：

「他是天下第七，不過，前面六人，不是死了，就是退隱了，他這個第七嘛，跟天下第一，也沒啥分別了。有他在，有你在，給個天做王小石的膽子，他也不敢來！」

葉雲滅一聽，就怒目瞪住天下第七。

天下第七一向冷得發寒的臉上，而今也閃過了一陣不豫之色。

主要是因爲：他沒想到蔡京竟會在此時此地公佈他的原本姓氏。

一向，很少人知道他原來姓甚名誰，他也一向以來很少讓人知道，並且更少讓知道他本來是誰的人還能活下去。

——他的人形容枯槁乾瘦，看去要比實際年齡大上十年八載以上。

在場的人，知道天下第七深不可測的武功和戰無不殺的威名的，都覺得很有些意外。

更意外的是：

竟卻有人接著蔡京的話，說了一句：

「你錯了，王小石敢來，他已經來了。」

◇◇◇

這一句話，著實把人給嚇了一跳。

把全場的人都唬了一大跳。

四　石在，火種是永不滅絕的！

說話，就得要發出聲音，所以，一開口就會暴露他自己身在何處。

說話的人就在廳裡。

而且就在黎井塘身後！

◇◇◇

對「托派」首領黎井塘而言，豈止是大吃一驚，簡直是大吃七八驚了！

——怎麼自己帶進來的部屬，竟會有人說出這種話來！

但他也在同一瞬息間明白了過來：

這人不是他帶來的。

他帶來的只是兩名手下。

這一人是在「別野別墅」門前帶他入內的。

是以，這應是相爺府的人，至少，他一直都以爲那是相府裡的人！

——可是，既是蔡京的手下，又怎會說這種話來！

◇◇◇

其他的人卻都不是那麼想。

他們都大爲驚異，連同真正引領他們進入別墅的總管孫收皮也詫然暗忖：

區區一個「托派」領頭帶來的手下，居然敢說出這種話！

◇◇◇

那人語音甫落，一爺已飛身到了那人身前，幾乎跟說話的人已近僅容拳！

一爺手按長刀。

他使的是長刀，卻搶在敵人跟前。

他的身法很凌厲，跟他的刀形一樣，卻與他溫柔款款的刀意十分不一樣。

他的語音更是犀利：

「你是誰？你是王小石的什麼人!?」

「我姓梁，叫阿牛，」那名下巴尖削雙睛突露的瘦漢回答得一點也不畏懼，「人人都知道我是王小石的兄弟。」

「你說王小石來了？他在那裡!?」

梁阿牛驕傲的笑了起來，笑聲又尖又酸，甚爲刺耳難聽。

他只用眼角一瞪，說：

「可不是嗎？石在，火種是永不滅絕的！何況王小石一直都在的！」

◇◇◇

「王小石一直都是在的」——在那裡？京城？刑場？這裡？

還是一直就在每一個仍堅信「俠義」二字的人的心坎深處？

◇◇◇

你呢？

你相不相信這世界仍有「王小石」這個人？或者，「王小石」一直都在你心裡；甚至，你自己就是「王小石」！

◇◇◇

梁阿牛把他那一雙牛眼一睩，大家立時轉首，可是已是遲了。

蔡旋尖叫了一聲。

一個秀細纖麗的人影，已自蔡旋身後，一手抓住了她背門五處要穴，一手拿著一把劍，橫在她的脖子上。

天下第七一發現不對勁，就搶身而出，但仍遲了一步，他的目標在於王小石，而今卻突現了個女的，待他出手時蔡旋已然受制。

——那是太相爺的掌上明珠。

天下第七當然不敢妄動。

眾皆大驚。

倒是蔡京一驚之後，反而放了心。

他怕的只是王小石。

他只怕王小石真的來了。

現在來的當然不是王小石。

——雖然來人抓住了他的女兒，但無論怎麼說，抓住了他的子女，總遠比抓住了他來得好上百倍！何況，他可不止有一個女兒：究竟他有多少子女，他自己也不大搞得清楚，就像他自己的家財一樣；他只是在擁有越多時越想要得更多。

對蔡京這種人而言，確如是。

真的如此。

所以他冷哂道：「想不到王小石居然是個女人！」

王小石當然不是女人。

這女子是在剛才盈盈而舞中的舞孃之一，而且還是跳得最出色的一位——蔡京早就注意她了，本來還準備在今天法場誘殺王小石瓦解風雨樓事後，正好可以舒暢一下，叫她留下來陪自己開心作樂一番。

——幸好沒有。

那女子細眉細眼的笑了起來：「我當然不是王小石……」

卻聽有人道：「但我卻是！」

說得斬釘截鐵，決無迴寰餘地！

◇◇◇

難道，王小石真的來到了「別野別墅」：當今丞相蔡京的別府!?

◇◇◇

來了。

不僅是來了，而且，還正在「頂派」屈完身後，以一弓三箭，張滿了弩，已瞄準了一個人：

當然是當今宰相：

蔡京！

這一回，不但人人都失了先手，連續三名敵人乍現，致使在場的人一時措手不及，就連老奸巨猾的蔡京，也變了臉色。

這一次，他是正式面對了王小石——（這一向予人似個平易近人「大孩子」的奇俠）之殺傷力和威脅性。

三支箭，箭鏃發散著妖異的金光，對準著他的額、喉、胸三處。

蔡京只覺臉一陣寒凜凜的、咽喉發癢、胸口發熱。

而且鼻尖已開始冒汗。

嘴裡已開始覺得乾澀。

而在此時：一爺正要長身牽制梁阿牛，天下第七正欲搶救落在何小河手中的蔡旋，反而一時讓王小石占了先勢，一弓三矢，盯準了蔡京。

但卻仍有例外。

至少還有一人是例外：

神油爺爺——

葉雲滅。

◇◇◇

天下第七要救蔡旋，一爺要制住梁阿牛，獨是葉神油，已潛身至王小石背後，大約相距只一臂的距離，吸氣，一拳就要盪出——

王小石馬上說：「你再動，我的箭就發出去！」

蔡京馬上喊道：「別動！」

葉神油的動作馬上凝住了。

這使得他臉頰、顴、頦和左右太陽穴上合共八條又粗又長的青筋，一齊現了一現、突了一突、露了一露。

◇◇◇

蔡京望定這個在十一尺距離外拉滿了弩的人：「果真是王小石？」

王小石已易了容，但那一雙多情的眼和舉手投足間的王者之氣、俠者之風，是誰也模倣不了的。

王小石說：「我是。」

蔡京轉而問屈完：「王小石又怎會成了你的手下？」

屈完汗涔涔下。

他也不知道爲什麼會這樣子：他還以爲這人是「別野別墅」的人，派出來爲他引路的。

同樣的，黎井塘也不明白，連蔡旋也眨著一雙瞇瞇眼，她似不能理解她一手培訓的舞孃裡是如何潛入了細作的!?

就是因爲不明白，所以才給這些人混了進來。

就是因爲不能理解，是以才給梁阿牛一出場，就分了一爺的心；故而才讓何小河分了天下第七的神——

但這都沒有讓神油爺爺失手。

他已貼近王小石。

一拳之距。

蓄勢待發——

只等號令。

蔡京這回凝視著金光閃閃的箭鏃，額上的汗彷彿也爍著金光：

「太陽神箭？」

王小石沉靜的說：「我自諸葛先生那兒搶回來的，他還為我所傷。」

蔡京到這時候居然還笑得出來，「傷與不傷，還真難說得緊呢！上次我要你殺他，他不死，我卻報稱負傷，藉此奏到聖上那兒去；這次你來殺我，卻是輪到他說掛了彩，且早就在皇上面前演了齣好戲，把住了理，你們一對寶兒果然精采。」

王小石說：「這叫禮尚往來，彼此彼此！不過，這『太陽神箭』，卻是貨真價實，如假包換！」

蔡京仍端視著那一弩三箭，肅然道：「我看得出來，難怪當年元十三限說過：假使他練成了『傷心小箭』，又得到射日神弓和追日神箭，他早已天下無敵了。——我知道你已得到『山字經』，卻不知無夢女是否也傳給你『忍辱神功』？也不知你的『傷心箭法』已練成未？」

王小石抿嘴笑道：「你說呢？」

蔡京用舌尖舐了舐乾唇：「你的箭法成未，我可不曉得，……不過，你的石頭，我卻已嘗過。」

王小石笑道：「咱們確是老相好了。」

「對，」蔡京說，「咱們是老相好了……你這種做法，不是太冒險了嗎？你要是一發射我不著，葉神爺的『失手拳』就在你背後立即爆炸——再說，就算你殺了我，你以爲你能走得出『別野別墅』嗎？」

王小石的回答很簡單：「不能。」

「既然不能，」蔡京試圖勸說，「何不放下你的弓和箭？」

王小石立即搖頭。

他馬上可以感覺到他背後的殺氣陡增：假如他的背部是由許多小生命組成肌骨的話，那兒已死傷枕藉。

但他還是把話說下去：

「我來這兒是要你答應一件事的。」

蔡京乾笑道：「你用這種方式來跟我談判……豈不是……不很光彩吧？」

「對你這種人談生死進退，」王小石的手穩如磐，眼也不眨的盯住這個全國只一人之下（也不見得）而在萬人之上（豈止）的大人物，語音也堅決無比：

「少不免，得要用點非常手段……」

他背後陡地響起一個嘶啞躁烈的語音：「這是卑鄙手段！」

「不。」王小石立刻更正：「這只是霹靂手段。非常人幹非常事對付非常之敵自然要用非常手段。」

稿於五月一日：敦煌推出三版《溫柔的刀》；向三姑介紹水晶功能；聖地牙哥、溫莎堡、阿二、YOYO等地為KERO KERO KERO PPI餞行／二日：「四大名捕」留連尖東連看半夜、子夜場；首帶 LOH SHIN WAI 上Bic Club榕苑卡拉OK凍蟹大餞別；LFW；開始正式供奉拿克大師神像；派中六子送倩機；殊料就此決絕，緣盡分手，情濃轉薄，後會無期。

校於五月三日：中國友誼新出版《少年追命》、《唐方一戰》、《俠少》；「新生活秩序」始／四日：「筆筒」逝世；敦煌、商報來款，《箭》報捷／五日：留小姐傳真訪我稿；授女友「皈依咒」；已訂購心愛的紫水晶母體／六日：開筆寫《棍》；《綠髮》完稿；「四大天王」夜聚；公佈「友誼」版新書；琁兒公佈「快報」霍靜雯寫我之訪稿；敦煌付《紅電》、《藍牙》版稅；CHL大減節制，好現象／八日：「佬」噩訊；逐客；綠幽靈重新佈陣；重習「般若心法」／九日：母親節，電囑姊海拜母；台禁又一惡耗；「快報」彩色全版「家居廊」刊我黃金屋訪稿／十日：方生日，通長電，方誤以為我未出全力協之，難過；香港藝術家名錄刊我圖文中英資料。

第七章　一趟受詛咒的劫法場

一　不動如山

王小石仍拉緊了弩，搭好了箭，瞄準著蔡京。

這次是他和蔡京的第二次會面。

不，對峙。

他整個人都不動如山。

但那是活火山。

——一座隨時一爆即炸、一發不可收拾的山。

◇◇◇

蔡京望向王小石的人，看著他手上的弓，盯住弓上的箭，他的腳有點發涼，頭皮也開始發麻。

他還覺得呼吸很促，胸口很翳悶，極不舒服。

可能是喝了酒的關係吧？最可怕的，也最直接的因由，是因爲要他面對著這三支在屋裡也閃閃發亮隨時釘入他胸口裡的箭鏃。

這是連「元帥」（元十三限）也不想、敢、願意去面對的事物。

他開始感覺到笑不出來了。

可是這時候一定要笑。

笑，才不會讓人知道他的虛實。

所以他在臉上仍擠出了笑容。

可是，這一笑，卻笑出了心虛。

他自覺自己一定笑得很勉強的了，所以他立即說話：

——說話，有時候是最好的掩飾：沉默和說話，通常都是掩飾的兩極。

「你這樣彎弓搭箭，不累嗎？」

王小石的回答只一個字，卻比千語萬言更令他驚心：

「累。」

因爲慌張，所以他又主動勸說：「既然累，何不放下？一放下，你就不是我的敵人，而是我的朋友，我的高官、厚祿，權力名位金錢，都不少你的，更何況是你這等人材，我求之若渴呢！放下吧！」

王小石平靜的道：「我累，但我放不下。」

蔡京試探道：「你只要放下，我保證這兒無人傷你，任你自出自入，平平安安，功名富貴，任你選擇。」

王小石平實的道：「不。」

蔡京強抑怒憤：「那你想怎樣？要什麼？」

王小石道：「我來冒這個險，要的當然不是自己功名富貴，而要我的朋友都活得平安自在。」

蔡京道：「你是說……」

王小石道：「菜市口、破板門。」

蔡京：「你是要他們——」

王小石：「停止攻襲，讓他們回去，保留風雨樓及京師武林人物的安全和自由，放掉唐寶牛和方恨少。」

蔡：「唐寶牛和方恨少是皇上下旨要處斬的欽犯，絕不可輕縱。」

王：「你這次的目的志不在殺方恨少、唐寶牛，你是意在廢掉在京華裡所有白道武林的實力，和毀掉與你對抗的黑道勢力。問題是：你自己的性命重要，還是你今天的行動重要些？你自己衡量。」

蔡京冷笑：「你是在威脅我？枉你是大俠身份，還作爲京裡第一大幫會『金風細雨樓』的首領，卻是這般卑劣手段！」

王小石一笑：「我？大俠，謝了。我一向以惡制惡，以暴易暴，待善以善，將計就計的人。對付你，我得跟你一樣卑鄙。」

蔡京慨然長嘆道：「萬山不許一溪奔，攔得溪聲日夜喧；到得前頭山腳盡，堂堂溪水出前村——王小石，我們防著你、盯著你、禁制著你，到底仍攔你不住。」

王小石聽了這句話，也很有感動，脫口道：「能在此時此境，有此感慨啓悟的，果然不愧當朝第一人。只不過，菜市口和破板門的同道已岌岌可危，我可不能久候你的細慮了。」

蔡京深思地道：「這等大事，我得要請示皇上——」

「不。」

王小石截道：「你決定得了，也阻止得來——要不然，我，累了……」

然後他一雙深邃明目緊盯著蔡京，說：「我也是人。我一樣會累。我累了之後，只好放手了……」

蔡京凝端著他，只覺一顆心往下沉。

（王小石的箭，他避得了嗎？）

（王小石的攻擊，他手上的人能制得住嗎？）

（太陽神箭的威力有多大？王小石的「傷心小箭」配合追日神箭和射日神弩，殺傷力有多大？）

（想到王小石那一手石子，他連心都涼冷了。）

（看到王小石那堅決的眼神，他的心快凝成了冰。）

（他該不該下令停止伏襲？）

（要是他下令停止一切計劃，王小石還會不會殺他？）

（他，避不避得了王小石的箭？）

◇◇◇

王小石的弓引滿、矢未發，但他的「心箭」已發出了：

他已「傷」了當朝一代權相蔡京的心。

信心。

（可是，王小石自己呢？）

（他是不是真的那麼定？）

（在四周強敵如葉神油、一爺、天下第七等強敵環伺下，就算蔡京立即下令終止伏殺京裡武林正義之士，但他自己的安危呢？）

（他能活出這兒嗎？）

（——抑或是：他根本沒準備再活著出去？）

王小石依舊彎弓、搭箭，瞄準蔡京，手和尖矢，穩如磐石。

他的人不動若山。

——他的心呢？也一樣的堅如鐵石嗎？

的。

蔡京佈下兩個局：

他下令在菜市口處殺方恨少、唐寶牛是假，在破板門將二人斬首倒是千真萬確

但他的意在將城裡的敵對武林勢力一網打盡，並讓他們（至少牽連「有橋集團」派系）互相殘殺。

不過，他的真正用意，還是趁此設局除掉王小石。

然而，王小石和「風雨樓」、「天機組」、「發夢二黨」、「連雲寨」的高手們，卻將計就計，分作兩批人馬，分別在破板門和菜市口力救唐寶牛和方恨少。

其實，他們最大的主力：還是放在王小石身上。

大家引開蔡京的注意力和身邊的高手，王小石趁此直搗黃龍，闖入「別野別墅」（要是蔡京留在「相爺府」，就算王小石再大神通，也決混不進去，但蔡京要直接指揮是次行動，就一定得坐鎮在鄰近菜市口與破板門之間的「別野別墅」，加上王小石處心積慮的部署，以及諸葛先生一早伏下的內應，王小石、梁阿牛、何小

河便順利的混了進去），直接釘死蔡京！

剩下來的，王小石有兩條路：

一，乘此大好良機，殺了蔡京。

二，威脅蔡京，放了唐寶牛和方恨少，也免了對京城群雄的追究辦罪。

不過，對王小石而言，這兩條路都不是「活路」。

——就算殺了蔡京，在面對一爺、葉神油、天下第七等強敵聯手下，王小石實無活命之機。

——蔡京就算放了方恨少、唐寶牛，但能夠放過他麼？

他已騎在虎背上。

面對蔡京，而蔡京的性命就在他手指一放的利箭下可死可生，他不由得因奮亢和刺激而致全身輕顫。

殺蔡京，這是名動天下的事。

殺蔡相，這是不世之功德。

殺了蔡京，這是一件改寫歷史的事……

——是不是就這樣一放手、就放箭，殺死這為患社稷、顛覆天下的權相蔡京呢，還是忍辱負重，為大局著想，只威脅蔡京放了方恨少、唐寶牛，要他也免去武林中各路英雄的罪名，讓京師有一陣平靖日子再說？

◇◇◇

你說呢？

二　我已不支

方應看說：「你真的認爲我們不該出手收拾這干狂徒？」

米蒼穹瞇著眼，彷彿要仔細推究出這個平時深沉難見底蘊、可是今日變得焦躁難耐的年輕人，竟會如此沉不住氣的原因來。

是以，他反而好整以暇的問：「在過去一二十年京師武林勢力的形勢，小侯爺一向瞭如指掌，大概不必由我來置喙了吧。」

方應看一笑哂道：「『迷天七聖盟』？『金風細雨樓』？『六分半堂』？他們鼎足而三的歲月，都已過時了！關七失蹤之後，迷天盟名存實亡；而『六分半堂』跟『金風細雨樓』爭雄鬥勝的結果是：雷損死，蘇夢枕也歿，連白愁飛也玩完了，雙方俱元氣大傷，反而是我們有橋集團的人保留了實力。」

米蒼穹道：「說得好。因而，原本傾向對金兵遼賊求饒派的迷天盟，已煙消雲散，部份已轉入地下，不敢露面；主和派的『六分半堂』，一時還翻不了身，更忙著跟力戰派的『金風細雨樓』對埒。這一來，京師的武林實力重新整合，你試想一想，以前，蔡京能一手控制主和及求饒兩派的勢力，而今，王小石領導下的『金風細雨樓』和『象鼻塔』，加上已有實力跟『六分半堂』對峙的『發夢二黨』的大力支持，這『新三國』的對立局面，顯然對『金風細雨樓』有利……然而，白愁飛一死，蔡京就縱控不了風雨樓了，你想，他能安心嗎？京師武林的勢力，一旦全面結合起來，草木皆兵，就算東京路二十萬禁軍戍衛，只怕也攔擋不住哩。」

說著，他又嗆咳了起來。

「不過，」方應看微傲輕慢的道：「我們有橋集團在諸侯將官和商賈財閥間建立和結合的勢力，也已成熟了，蔡京當然不會忽略掉我們的實力。」

「他就是不敢小看咱們的勢力。」米蒼穹在劇烈的嗆咳中感覺到那隻猶如來自洪荒的古獸又迫近眉睫了，所以語音也燥烈躁急了起來：「他很明白『六分半堂』目前算是囊括了京裡的黑道武林勢力，但白道武林，則多依附『金風細雨樓』；市井豪傑，多是『發夢二黨』人馬——兩派一旦合併，力量勢莫能當。他更明白咱們力量雖也壯大，但絕不完全任其調度，所以，他今天設計這一場受詛咒的劫法場，目的至少便有三個——」

「第一個當然是要藉此消滅掉京裡武林中對抗他的力量；」方應看接道且反問：「第二個是要趁此除去王小石——但第三個呢？」

米公公發現這公子哥兒再焦躁，但對有用的話和有用的知識，他仍是如長鯨吸水般全吸收進去。

「第三個？」米蒼穹嘆道：「他要把我們也扯下水裡，或露了底成爲跟官家敵對的派系，打成反派，永不超生；或使我們直接跟劫法場的群豪結下血海深仇，水深火熱，再也不能置身事外。」

他強抑胸口的一陣翳悶、搐痛，徐抬眼皮，道：「所以，咱們不插手、能不出手，就盡可能不下殺手好了。」

方應看蹙著秀眉，似尋思了半晌，低聲冷哼道：「不過，就算出手、下殺手，也一樣能有好處，會有方法的。」

「哦？」米蒼穹這下不明白這方小侯爺的心意了：「你是指……」

方應看目中神光乍現，一向清澈明淨的眼眸，竟驚起了三分歹毒四分殺意。

米蒼穹不知怎的，爲這美艷而狂亂的眼神而心口「卜」地一跳，心口的血脈好像給人在內裡用力拉緊了一下，當即有嘔吐的感覺。

卻見場中來救人的，已知他們要的人不在這兒，只求速退，殺出重圍。

可是包圍的人也非常的多。

且不肯網開一面。

於是，兩造人馬殺將起來。

其中，「天機」的人對有橋集團和蔡京人馬作出了反包圍，用意十分明顯，兵法也相當森明：

——你們不放我們的人走，那麼，我們就來個裡應外合，讓你們裡外受敵，反而把你們一網打盡！

嚴格來說，「天機」的人並不算是京師裡的武林實力。這組人馬向與強權、貪官、土豪、劣紳作對，當年也作過爲國殺敵的功業。他們由人稱「爸爹」（即「龍頭」）的張三爸領導之下，數仆數起，屢敗屢戰，勢力已延及全國各省，還浸透敵疆內部。他們在京裡當然也屯有強大勢力。他們的龍頭因曾受過名捕鐵手少年時恩情，這次的事，四大名捕不便出手，張三爸知其深意，便自告奮勇，親自率領部下，以支援自己義子張炭（他已成爲「金風細雨樓」的中堅人物）的名義，來參與「劫法場」的一役。

風雨樓派系的人，一旦與「天機組」猛將：「大口飛耙」梁小悲、「燈火金剛」陳笑、「一氣成河」何大憤、「小解鬼手」蔡老擇、「簫仙」張一女、「神龍見首」羅小豆等人結合起來，如虎添翼，加上溫寶和唐七味一出手便格殺了歐陽意意和祥哥兒，更是鼓舞士氣，索性來個背腹夾攻，要把「兵捉賊」反成「賊殺兵」！

何大憒、陳笑、梁小悲、羅小豆、蔡老擇、張一女連同張炭，在左衝右突、前後衝殺了一陣之後，終於對上了八大刀王：習煉天、孟空空、蕭白、蕭煞、苗八方、彭尖、兆蘭容、蔡小頭。八大刀王原跟「溫門十石」纏戰，但後來十虎將卻給「核派」何怒七、「突派」段斷虎以及任勞、任怨接應了過去，八名刀王便對上了「天機」好手。

他們立即「捉對」廝殺了起來：只不過，說「捉對」，也不全是「對」得上，因為「八大刀王」還是比對方多了一人！

開始的時候，是信陽蕭煞襄陽蕭白合攻張炭。

張炭右手托著十六只碗，串在一起，有時飛出一、二隻，既是武器，也是他的暗器，而左手卻施「反反神功」，抵住兩人攻勢。

不過，這兩個人，卻不止於兩種刀法。

至少有三種。

蕭煞的刀法是「大開天」和「小闢地」，大開天刀法刀刀大開大闔，小闢地刀法則刀刀穩打穩紮，一人運使二刀，也一人施展兩種刀法，張炭等同跟三名刀客三張刀作戰。

不過纏戰下去，張炭最感吃力的，不是蕭煞的雙刀，而是來自蕭煞的胞弟蕭白的刀。

蕭白的刀法叫「七十一家親」。

他的刀沒有殺氣。

反而讓人親近。

但這正是他的可怕之處：

你若是跟一張這樣的刀親暱，那只有送命一途。

更可怕的是：

所謂「七十一家親」，是來自他的刀法曾參詳過天下武林各門各派、世上江湖各師各法的刀法，然後才創研出這樣一套兼容並蓄七十一家刀派之精華的刀法來！

於是，張炭跟他作戰，形同跟七十一名刀手苦鬥。

不。

不止。

是七十三路：

有兩路刀法，是來自他胞兄：蕭煞的刀法。

不管開天還是闢地，蕭煞的刀法都有一個共同的特色：

他每一刀都很蕭殺。

張炭覺得自己快倒楣了。

（我已不支……）

他本盼望同門來救，但發現不管羅、梁、何、張、陳、蔡等，以一戰一，對付另六名刀王，都感吃力。

（誰都騰不出來相援手！）

他覺得頭皮發麻。

（蕭煞的大開天刀法已削去他一大片頭髮！）

他也感覺到腳心發寒。

（蕭煞的小闢地刀已削掉他左足的鞋底，差一點他連腳踝也斷送在這菜市口了！）

他更感覺到刀光十分親密！

（當蕭白的刀跟你有親的時候，那就等於說：你的命已跟自己有仇了！）

他拚力應戰。

但已窮於應付。

張炭只忿忿：這真是一場活該詛咒的劫法場！

（救命啊！）

——連兄弟都沒見著，自己的性命卻快斷送在這兒了！

他想大叫救命，但只能在心裡狂喊。

誰教他是俠士？他是好漢？

是俠義之士好男兒，就不可以搶天呼地要人救命央人饒——可不是嗎？也許更重要的理由是：就算喊了，大家正打得如火如荼、生死兩忘，誰來救他一命？他又救得了誰的命？

三 不羈的刀尖

他雖沒喊出聲來的「救命」，誰知還是讓一人給聽到了。

這人長身而至。

猱身而入。

這人竟全身沒入蕭煞和蕭白所振起的刀光裡。

但他本身並沒有給刀光絞碎。

完全沒有：刀光再盛，連一片衣褲也削他不著！

反而是刀光、刀勢和刀意，全因他的闖入而停頓了下來。

會有這種情形，只有兩個可能：

一、闖入者是自己人，蕭氏兄弟一見便住了手。

二、是敵人太強，一出手便使兩人動不了手。

——在這兒，跟自己同一陣線的，有這等超卓武功的，是誰？

張炭不必細想：

人已呼之欲出！

還會有誰！

當然只有他的義父：「天機」組裡的龍頭張三爸了！

◇◇◇

張三爸一加入戰團，就彈出他的「封神指」。

「封神指」法甚詭：

他以拇指穿過無名、中指指縫，而發出受盡壓抑依然一枝獨秀的凌厲指勁。

蕭白一見來勢，立即揮刀斫向張三爸的手。

——斫斷了手，就不怕他的指了。

蕭煞更直接，他一見敵，立即揚刀斫敵。

——只要殺了敵，還怕他什麼絕招！

不過，年邁的張三爸，卻發出了一聲斷喝、一陣長嘯。

他斷喝聲中，向蕭白叱道：「打你氣海穴！」

他只嘴裡說要打，但跟蕭白還有一段距離，蕭白雖給這一喝，驚了一驚，但自度仍可在對手指勁近他三尺前已把其臂斬於刀下。

只不過，張三爸一聲叱喝，蕭白只覺氣海有急流一沖，神散志懈，真氣激走，張三爸竟指風未至指意已到，蕭白一時手足酥麻，竟似活將自己臍腰大穴任由對方封制一般！

說也奇怪，他的刀法也陣勢大亂。

刀尖也不羈了起來。

無法縱控。

同一時間，張三爸那一聲尖嘯，向蕭煞咆哮道：「攻你翳風穴！」

蕭煞也初不以爲意。

他以爲先斫掉對方的頭，敵人還用什麼來制自己的穴道？

他的刀法一緊，但覺耳際轟的一聲，一時竟似聾了一樣，耳孔還滲出了血水來！

這一震之下，他驚覺自己身上的穴道竟似呼應「爸爹」的呼喝般的，還迎了上去，任由對方箝制！

他登時心神大亂。

手足無措。

刀法也破綻百出了起來。

◇

在這剎瞬之間，張三爸要手刃這對刀法名家兄弟，可謂易如反掌。

但他並沒那麼做。

多年在江湖上行走的閱歷，加上數起數落的成敗得失，令他無意再多造殺孽。

他反而忽然收了手。

也收了指。

只輕輕的說了一句：「念你們成名不易，幾經苦練，刀法算是自成一格，滾吧，別再替奸相還是閹賊爲虎作倀了。」

◇

蕭煞蕭白，都住了手。

一臉慚然。

張三爸不為己甚，轉身專神的去調度子力，衝擊敵人陣勢。

卻不料——

蕭氏兄弟又動了手。

出了刀。

卻不是向張三爸——

——而是……

◇◇◇

張三爸對蕭氏二刀放了一馬，按照道理，蕭氏兄弟也不想立即以怨報德。

可是，他們卻忌畏一件事物：

眼睛。

那是方應看在人群裡盯住他們的眼睛。

這雙眼冷、狠而怨毒。

他們更怕的當然不是這對眼睛，而是這雙眼的主人。

他們在刹那間明白而且體悟：

如果他們就讓張三爸「饒了命」，而之後什麼功也不曾立，只怕就算張三爸放了他們，他們在京城裡也混不下飯喫，在有橋集團裡更抬不起頭來做人。

所以，他們只好要立即做些「立功」的事：至少，得要讓方小侯爺轉怒爲喜。

他們急於立功，於是眼前就有一個。

所以「小解鬼手」蔡老擇便遭了殃。

◇◇◇

蔡老擇敵住的是「八方藏龍刀」苗八方。

苗八方眼觀六路，耳聽八方，而他的刀，更是以守爲攻，刀中藏刀，而藏刀中更有小小刀。

是以，敵人不僅要應付他詭異的刀法，還要應付他詭秘的刀、刀中刀、刀裡的刀。

可惜他遇上的是：

蔡老擇。

◇◇◇

蔡老擇不是樣樣都強，卻是有一樣最強：他最能瓦解、解構、破壞對方的兵器。

——「黑面蔡家」，本就是打造兵器的世家。

像「火孩兒」蔡水擇，便是屬於「黑面蔡」打造兵器那一系的；而他，則屬於破壞武器的那一脈。

——有些人天生是創造的、建設的，有些人則不。

他們或許對創念、無中生有沒有建立，但卻擅於破壞、倣造、或解構原本已建立了的事物。

蔡老擇顯然就是這樣的人，而且還是箇中好手、箇中老手。他許或不是天性如此，但卻精擅此道。

他認準了苗八方的攻勢。

認準了，一切就好辦了。

他三次空手入白刃，但苗八方把刀舞得滴水不透，蔡老擇三遭均無功而退。

有一次還吃了刀，掛了彩。

既見敵手淌了血，苗八方自不放過這大好契機。

他反守爲攻，趁勝追擊，斫下敵人的頭顱！

他這一刀，勢所必殺。

就算對手接得下他這一刀，也斷料不到他刀中有刀。

縱使敵人把刀中刀也接下了，他的刀中刀還藏有刀裡刀，所以他向來慣守少攻，一旦發動攻襲，很少人能在他刀下倖存的。

他騰身而上。

刀攻蔡老擇，取其性命。

可惜。可惜的是——

四　你不是我

可惜的不是他遇上蔡老擇。
而是他的刀中刀和刀中刀裡刀卻忽然一齊不能發揮。
原因？
因爲刀中已無刀，刀裡又何嘗還有刀呢？

◇◇◇

苗八方發現已遲。
他的刀勢已出。
但他刀中藏刀全不見了——蔡老擇那三次返身搶攻，原來不是要奪他手中刀，而是旨在破壞了他刀中刀、刀裡刀的機括。
他已斷絕了後路。
但他雖沒了後路，卻仍有殺手鐧。

他的殺手鐧是他的藏刀。

這回他的刀不是藏在他的刀裡、袖裡、靴裡或那裡，而是藏在——

他的笑容裡！

◇◇◇

他的「八方風雨刀」，雖然真的可以把八方風雨舞於一刀中，也可以盡教八方雄豪喪於一刀下，更可以把八方敵人格殺於一刀之間，只不過，他的刀，其實並不長大。

他的刀是氣勢夠大。

他的刀中刀，當然是比原來的刀更短更小了。

至於刀中刀中刀，就更短小，只不過五寸來長的一把。

但最小的刀，卻不在他手上。

而在他臉上：

口中。

他的臉非常樸直。

——一種近似三代務農的那種淳樸臉孔。

只不過，看一個人，當然不應只看他的外表——可惜世人看人，常只看對方的外表，蓋因外表最易看也。

苗八方有一張十分樸實的臉，但他顯然不是個樸直的人。

他很少笑。

他的臉相看去像歷盡滄桑，蘊藏著操勞與苦辛。

這種人當然很少笑，也很少事情是值得他笑了。

而今他卻笑了。

突然而笑。

他是爲殺人而笑的！

他一笑，霍的一聲，一道白光，小小小小小的白光，自牙縫間急打而出，直攻蔡老擇！

蔡老擇分解了苗八方的刀，他可沒法即時分解得了苗八方的笑裡藏刀。

這一下，突如其來，白光一閃，嗤地一閃，已至面門！

蔡老擇反應再快，要躲，也躲不開去；要避，也決避不了了；要擋，也擋不及；要接，更接不來。

但他卻在這時候做了一事，以及不做一件事。

先說不做的事。

他不做的事是：

他不動、不閃、不躲、甚至連眼也不眨。

在這時候，生死交攸，生死關頭，能不慌、不亂、不驚、不動的人，絕無僅有。

蔡老擇也不光是什麼也不做。

他做了一件事：

他一張口，就咬住了那道白光！

然後他一伸手，手從苗八方刀中奪來的一中、一小兩把刀，一齊遞入了苗八方的左右脅裡去！

◇◇◇

他竟以其人之道、還治其身！

他對付苗八方「笑裡藏刀」的方法居然是：

他一張口，用牙齒咬住了苗八方張嘴自齒間吐出的那口小飛刀！

◇◇◇

苗八方一連中了兩刀——自己的兩刀——一時之間，仍驚愕甚於傷痛，慘然道：

「……你不知我……又何以能破我的『藏刀』……!?」

蔡老擇回答了。

他回答的方式是：

又一張口，白芒即回打入苗八方的額頭上。

苗八方雙眼暴瞪，但一時猶未斷氣，只聽殺他的人這樣說：

「——你不是我，又怎麼知道我破不了你的絕招？」

但後面那句話還沒來得及理悟，他便拚了最後一口氣，撲了過去：

「世上沒有破不了的絕招。所謂絕招，只不過是敵人不知道你會用的招式。但世間沒有用過的招式已很少很少了，而你自己也曾用過的招式便一定會有人知道，算不了什麼絕招。」

◇◇◇

苗八方臨終的時候，眼神裡的急怒，已轉成了欣慰。

只不過，蔡老擇跟任何人一樣，勝利的時候（尤其是艱辛苦鬥才換取的勝利）未免都有點沾沾自喜、洋洋自得。

所以他忙著說道理。

忘了危險。

直至他瞥見了苗八方瀕死前的眼神：

他才感覺到有人向他逼近。

敵人。

◇◇◇

大敵。

而且不止是一個。

兩名。

◇◇◇

遇上蕭氏兄弟這種強敵，一個已然足夠，一人已難以應付。

蔡老擇立即要回身應敵。

但苗八方已撲了過來。

蔡老擇雙肘立即撞碎了他所有的脅骨。

不過，這對苗八方而言，已不構成任何殺傷力。

因他已然氣絕。

◇◇◇

他雖已死，但仍撲了過去，雙手且死命出力的箍住了蔡老擇。

蔡老擇猛掙。

一時不脫。

五　我不是你

一時脫不了身，這就足夠了。

就算是一刹間掙脫不了，眼前有蕭白蕭煞這樣的大敵，也足以致命了。

何況蕭煞蕭白這次不僅止於志在立功，還是急於求功補過！

——張三爸對他們饒而不殺，因而觸怒了他們的主人方應看，他們如沒有即時的表現，只怕都沒有好下場！

狗通主人性，更何況是一向聰明知機的蕭氏兄弟：他們非常了解方小侯爺外面溫順謙恭但內裡迥然大異的性情。

他們可不想招惹。

——有的人縱是惡人也招惹不起的。

所以他們馬上要立功。

立功的最直接方式就是殺敵：

蔡老擇剛好殺了苗八方，他們就立即撲殺蔡老擇——當然更不會俟他稍為回氣定過神來！

無疑，對蔡老擇而言，未免是得意得太早一些了！

當他發現蕭煞雙刀向他斫來的時候，他已無從抵擋。

甚至連他一向在江湖上給譽爲「神來之手，鬼附之指」也不及施展。

蕭煞雙刀攻勢，不但絕、妙，且狠而刁鑽。

他不是直撲斫向蔡老擇。

而是斬向苗八方。

刀鋒先行切斷苗八方身體，再剁向蔡老擇，俟蔡老擇發覺他的攻襲時，一切反應都已太遲。

偏偏他不是攻向蔡老擇的要穴。

蔡老擇一時還摸不定對方來勢，於是掌封八門，步擰八卦，隨時及時護住身上各大要害！

蕭煞卻只斫向手和腳。

左手。

右腳。

腳斷。

臂落。

血迸濺。

蔡老擇確不是省油的燈，他斷了一腳一臂，但另一隻手卻抓住了蕭煞的「開天刀」，仍一腳踹飛了蕭煞的另一把「闢地刀」。

蕭煞頓時兩刀盡失。

可惜蕭煞之外，還有蕭白。

蕭煞只是去傷害人，蕭白才是要命的。

他的刀及時而至，在蔡老擇身上一處「親」了一親。

脖子。

——於是蔡老擇馬上就身首異處。

◇◇◇

說也湊巧，只在一日之間，「黑面蔡家」在京裡的兩名重要人物：蔡水擇和蔡老擇，分別都死於城裡的「金風細雨樓」和菜市口。

「兵器坊」的蔡家連失此二大高手，使得他們日後更加速加倍的作出了因應這等損失的決定。

這是後話不提。

◇◇◇

蔡老擇一死，最氣的是張三爸。

他因一念之仁，放過了信陽蕭煞和襄陽蕭白，愛材之心固然有，但主要的還是不想多造殺孽，何況「天機組」跟這蕭氏兄弟沒有什麼過節，所謂「能結千人好，莫結一人仇」，張三爸也情知蕭氏二刀是因受命於方應看和米有橋（蒼穹）才致爲敵的，彼此之間原就沒有大不了的怨隙。

所以他才放了他們一馬。

沒料卻因而折損了一名大將。

是以他最悲憤莫名。

他一手打退身前身後六名敵人，快步跨前，在蕭煞蕭白得手退卻（竟欲回到陣中）之前，他已截住了他們。

別看張三爸已年紀老大，他這幾步才跨出，迫人氣勢，排山倒海，洶湧而出，「快步風雷」，更名不虛傳。

蕭氏雙雄，一旦得手，殺了蔡老擇，既討了彩頭，本要退卻，但張三爸一開步，便懾住了他們，他們反而進不得、退不了，只好硬著頭皮應戰。

他們自己也明白，就憑他們，決非也絕非張三爸之敵。他們就是深透的明瞭了這一點，這才糟糕。

——因爲明知打不過，那還有鬥志可言？

不過，蕭煞蕭白，兩蕭三刀，能夠躋身於當世「八大刀王」之中，非同泛泛，也絕不是浪得虛名之輩。

他們便在這時候，忽然做了一件事：

他們突然揮刀。

他們竟互相斫了對方一刀。

血光暴現！

一向溫文有禮，且具親和力的蕭白，因這一刀而吃痛，也因此逼出了殺性！

向來高傲跋扈，出手向不留餘地的蕭煞，更因而逼出了鬥志！

兩人不退反進，不餒反悍，二人三刀，斫向張三爸，刀刀要命，也刀刀致命！

張三爸這回是殺紅了眼。

他也覺得愛徒蔡老擇等於是他親手害死的。

他沒有迴避。

他反而迎上了刀光。

◇◇◇

眼看蕭煞的「大開天」刀就要斫著張三爸的脖子，可是張三爺的頭顱，忽爾像斷了頸筋似的，歪了一歪。

那一刀，就只差毫厘，便斫他不著。

蕭煞見差這毫厘，就能得手，怎可放棄？何況他知道蕭白力敵住張三爸的攻勢，他說什麼也要將這「天機」組織的「龍頭」斬之於刀下。

所以，他的刀再遽遞半尺！

他就看張三爸能怎麼退!?

另外，他那「小鬪地」刀也同時追擊，一刀攔腰斫向張三爸！

張三爸的身形卻是一扭，像渾沒了脊骨的蛇一般，居然仍險險的躲過了這一刀！

所謂「險險」，是這一刀明明要斫著張三爸的腰眼之際，卻就那麼相差寸餘，便使他斫了個空！

高手對敵，怎可斫空！

蕭煞把心一橫，一不做，二不休，三不回頭，他把「小鬪地刀」再往前一送，矢志要：就算沒能把張三爸攔腰斫成兩截，他至少也要在對方肚子裡捌一個血洞！

他就看張三爸怎麼躲！

在另一邊的蕭白，也心同此理。

他的刀認準張三爸的背門，就「親」了過去，眼看要著，張三爸卻忽爾踹了一腳過來，蕭白只要一側身，躲開這一踢，但那一刀只差了一點，便可刺入張三爸的背裡去了！

——只差那麼「一點」！

真可恨！

所以蕭白不甘心。

他全身一長，手臂一舒，刀意一伸，就要趁這一展之間，要把張三爸扎箇透明大窟窿才甘休！

是以，張三爸要同時面對三刀之危！

一刀比一刀危險！

一刀比一刀要命！

一刀比一刀狠！

◇◇◇

所以給要了命的是：

蕭氏兄弟！

◇◇◇

張三爸就在那剎瞬之間，也不知怎的，腳步一錯，竟能在電光石火間扭了開去！

是以，蕭氏兄弟，三刀都不能命中！

三刀都斫不著，但卻不是斫了個空！

張三爸這一「失了蹤」，兩人志在必得，全力以赴，收手不及，變成三刀各相互砸在一起！

於是，蕭白的刀「親」上了蕭煞的「小闢地」之刀，而蕭煞的「大開天」之刀，一刀斫向蕭白的頭顱。

蕭白也反應奇急，百忙中把頭一擰，蕭煞這一刀，只斫在他的左肩上，登時斫斷了胛骨，鮮血洶湧而出。

不過蕭煞也同樣不好過。

他的刀雖然殺力十足、威力無邊，但一旦遇上了那把蕭白以柔制剛文文靜靜的刀，竟立即給絞碎了，蕭白那一刀，刀勢未盡，哧地刺入他的小腹裡，頓時鮮血長流。

張三爸以「反反神功」，使出「反反神步」，使二蕭互傷，他這次再不仁慈，立即把握時機，攻出了左右「封神指」。

他這次的「封神指」，仍是拇指自無名、中指夾緊凸出，但既沒指勁，也沒指風。

他的手指，忽然變成了武器。

至剛極硬的武器。

「嗤」的一聲，他的左指插入了蕭煞的咽喉。

「噗」的一響，他的右指刺入了蕭白的胸口。

這兩指，立時要了蕭白和蕭煞的命。

這一下，也登時使方應看紅了眼。

——效忠於他的「八大刀王」，一下子，「藏龍刀」苗八方死了，信陽蕭煞死了，襄陽蕭白也死了：就只剩下五名刀王了！

這還得了！

是以，方應看似再也不能沉住氣了。

他已忍無可忍。

他身形一動，就要拔劍而出。

他腰畔的劍也驀地紅了起來。

隔著鞘，依然可見那鮮血流動似的烈紅光芒！

他正要拔劍而出，卻聽米蒼穹長嘆了一聲：「如果真要出手——讓我出手吧！」

米蒼穹一見連折三名刀王，就知道這回可不能再袖手了。

——那是自己人，死的不再是蔡京那方面的心腹了！

方應看按劍睨視著他：「你不是說不動手的嗎？」

米蒼穹無奈的苦笑道：「這也是情非得已，到這地步，我還能不出手嗎？再這樣下去，外人倒要欺『有橋集團』無人了！」

方應看卻道：「能。」

米蒼穹倒是怔了怔。

「你不必出手，」方應看天真的道，「我出手便可！」

米蒼穹慘笑了起來，連銀髮白眉，一下子也似陳舊了一些：

「你才是集團裡的首領，怎能隨便出手？得罪人、殺敵的事，萬不得已，也絕不該由你動手。如果我們兩人中必須要有一個人動手，那麼，讓我來吧。」

他長吸了一口氣：

「畢竟，我不是你。」

然後他大喝了一聲：

「棍來！」

他一喝，棍就來了。
馬上就來。

◇◇◇

米蒼穹終於要親自出手了！

稿於一九九三年五月十一日：「烏蠅炆牛屎」發爛渣／十二日：方電察覺阿細似「出事」，我不以為意，信心依然／十三日：P危全倖免渡過；毒瘤全消，意外奇蹟；巨款匯至；搜購「破壁而入」、「綠彩太空船」、「海底飛針」、「寂寞高手」、「天下有雪」、「玫瑰三角」、「玉中寶」、「佛彩」、「三角行星」、「介石」等珍品／十四日：新水晶佈陣；購得紫水晶巨型母體：「無敵小寶寶」二孖寶；新VA政策／十五日：晨星版稅已匯出；宋寂然於「年青人周報」論評「說英雄•誰是英雄」系列；青變梁生事；大翻身；十六日：購得「太極」；烏燈黑火XW／十七日：悉另筆款項已匯至培新處；心碎；右臼齒隱疾出奇好轉；遇曼玉。

校於九三年五月十八日：VV危機加劇；銘民匯款至；禍自德國入電；《武魂》依然連載《淒慘的刀口》／十九日：情真到頭大悲收場；斷情日；哀莫此甚／二十日：FB起意；新生活報要訪我大陸訊息及轉載快報專訪；穎勤國際來函要合作在深圳出書；中國友誼牛震要「四大名捕超新派系列」版權／廿一日：極度沮喪、心死時期；台灣大蘋果國際版權公司來傳真洽談在大陸推出我「四大名捕」系列事；何必有我聯繫陳永成、郭崇樂談我大陸出版事／廿二日：達明王來電作經濟支持我全力續寫「說英雄」系列；深圳「海天」有版稅將至；何梁往「雅蘭」洽談版權事；「無敵小寶寶」易名「大吉」、「大利」，情非得已的明智決定；至愛置我生死於無視，可怖復可哀；羅維兄仍熱列希望為我作品「做點事」／廿三日：SW隱憂過去，大喜；續修佛門念力氣功；梁何約談郭先生在大陸出版我書事；始動意北赴神州行／廿四日：生死不理，情以何傷；知北上大有可行；恩斷義絕，此等作為，親痛仇快，情以何堪／廿五日：喊餐死，悲莫抑；決裂已無可避免；中國行，無罣礙；苦守至此，終告知音絕情事。

修訂於一九九四年十一月八至十日：依蘭重出江湖／渡KIN劫，險過剃頭／方凡、陳芳來信評我作品，佳妙／何首烏尋獲「中華文化」＋「知識與生活」報導上海「溫瑞安武俠小說熱」一事／D新咭至，無限額／決赴滬／奉接師尊手諭、祝禱及靈咒加持／「四度空間」創刊邀為編委／狂風掃落葉M／中華版權暴淑艷代蘇斌邀出版作品。

第八章　無依的舞衣

一　我已非當年十七歲

「放下你的箭，王小石！」葉神油在背後咆哮道，「有種的轉過身來，跟我決一死戰！」

王小石笑了一笑。

他的反應只是笑。

牙齒又圓又白，像一粒粒打磨得勻圓的小石頭。

「放下箭吧，王小石。」一爺語音十分懇切：「我知道你是一個很真的人。你才不會自背後猝襲暗算相爺的，是不是？」

王小石笑了：「我們現在是面對面的，你們人多我們人少，我們還身陷在你們高人滿佈、好手遍伏的府邸裡，我可沒有暗算他。」

蔡京覺得自己的汗濕重衫：他維持這樣的姿勢，已好一段時間了，卻不知正張弓搭箭的王小石，會不會比他更累？

所以他立即有話快說：「放下吧，小石頭。我也知道你是一個很傲的人。你這就放下弓、鬆了箭，我答應讓你當京城武林總盟主，你要把天下武林引向正路跑，我由你，二十萬禁軍、七萬近衛、三萬大內高手，全任你調度如何？」

王小石這回又嘆了一聲，道：「假如我是剛出來走江湖的，你這番話，我或許會相信你。假使我今天才剛入京，你的話，我或許會動心。可惜我已非當年十七歲。我現在的要求只是：一，馬上放了唐寶牛和方恨少；二，對今次劫法場事概不追究。只有這兩件事。不過，我要你馬上下令。令達人釋後，我才放下我的弓和箭。記住，我早已不是十七歲那種年紀的人。」

蔡京囁嚅道：「我怎知道一旦把人放了，你還會不會依約放下弓箭？不如……」

王小石已不想多說：「你就再耗著試試吧，反正，我已很累了，很累很累很累了……辦好這幾件事，只怕還得要耗費好些時候，萬一我手一軟、指一酸，那麼，這箭就要射出去。——」

蔡京又用舌尖一舐鼻頭上的汗珠（他的舌頭倒頗長），毅然道：「好，我就叫人去放了唐寶牛、方恨少，並下令不去追究今天的事——可是，往來破板門、菜市口費時，我可不擔保一定趕得及。那時候，你可別怪到我頭上，因而反悔……」

王小石眼神一亮，截道：「來得及的，只不過，你派你的手下去，我怎知道你的命令會不會是真的傳達了？人是不是真的放掉了？——萬一你只在這兒說說，卻把各路弟兄殺的殺了，活的抓回來要脅我，那這樁生意我不是倒著蝕嗎？」

蔡京狡猾的道：「那你能怎樣？總不能押著我過去吧？怕到得了時，那兒只剩下人頭和血了。」

王小石比他更狡黠的笑道：「——我有辦法。」

蔡京詫道：「這你也有辦法？」

王小石反問：「你要派兩個親信——至少你的部下全都相信他們的話就是你的命令，而且，你還要親下手令。」

蔡京知道再無「討價還價」餘地：「這個可以。」

他等對方說下去。

王小石果然接下去說：「光是你的部屬，我信不過，這兒兩位，當隨你的部下一起出發，旨在監督。」

他指的當然就是：「用手走路」梁阿牛和「老天爺」何小河。

蔡京訝然道：「你遣走了他們……你一個留在這兒!?」

——這裡早有大軍團團圍佈，敵手如雲，王小石在此際居然還要把自己身邊的人遣開辦事，若不是大膽驚人，全沒把相爺手下高人放在眼裡，就是發了失心瘋、豬油羊脂蒙了心了。

王小石笑而不答，反詰：「你派誰去傳令？」

蔡京沉吟一陣，即道：「我派屈完和黎井塘……」

話未說完，王小石已截道：「不行，他們還未足以擔此重任……萬一你在破板門和菜市口的部下不認賬、不肯收手，我既救不了人，你也保不了命，可大家都沒討著了好，你最好換人！」

黎井塘氣得臉都白了：「王小石，你——！」

屈完更漲紅了臉：「——你別欺人太甚！」

蔡京一想也覺是，便道：「我派我兒子儵兒、絛兒過去……」

王小石即截道：「最好不止兩人，以示份量。」

蔡京知王小石早已摸清了「別野別墅」內內外外的底子，一咬牙道：「好，我把絛兒、脩兒也派去傳命便是。」

王小石居然說：「這還不夠。」

蔡京怫然道：「這還不滿意？莫非你想藉機遣走這兒的高手一爺、天下第七不成？那豈不是把我的安危置於絕境嗎？這可不成！當我是好欺易詐的麼！」

王小石正色道：「當然不是。你要調度他們，我也不肯，我怎知道你不是派這些一級高手去屠殺我的弟兄們的！」

蔡京愕然道：「那你要我派遣什麼人去？」

王小石一字一句的道：「四大名捕。」

蔡京怔了一陣，這才恍悟：爲啥今晨開始，四大名捕一直在自己別墅之前巡逡不去的因由了！

王小石補充：「我叫他們，是因爲他們正直清廉。如果你只找你的心腹爪牙去下令停手放人，就算你的手下聽令，我的兄弟也不見得就會罷手，是不？」

蔡京鐵青臉色，到這地步，他才明白這佈置有多周密，簡直是深謀遠慮，而且對自己的計劃和部署幾乎瞭如指掌，他現在不明白的只有一點：

——一切都解決了之後，王小石卻是如何活著出「別野別墅」！

◇◇◇◇◇◇

王小石繼續他的說明：「我是潛進來之前才發現四大名捕就在外邊的，想必是：他們要保護你免受傷害，才義務在門外守衛的吧？你可真夠面子：四大名捕也給你當了護院！」

蔡京嘿嘿冷笑，反問：「四大名捕可不必四人都趕這一趟路吧？總要留下兩人來給你護法啊！」

王小石馬上澄清：「噯，話別那麼說，他們是捕快，我算什麼？這會兒連你都給得罪了，我就逮便是死囚，拒捕就是欽犯，逃亡就是逃犯了。只不過，通知菜市口和破板門的事，就追命和冷血去好了。追命腳程快，冷血衝勁夠。這件事，已急不容緩了。令快下吧！我的手已開始麻痹了。」

蔡京心有不忿，但王小石最末一句話，仍教他動魄驚心：

「好，好，好，你撐著，我也抵著。我馬上就在這兒寫一手諭，並傳兩個犬子、兩位名捕來辦這件事，這……你可放心了吧？」

隨後他又忿忿的說：「我知道了。我明白了。我明白了。我了解了。原來是這麼一回事。」

王小石沒有問他所知道／明白／了解的是什麼事。

他知道蔡京要說的，必然會說；若不說的，問他也沒用。

果然蔡京喃喃自語的道：「這事……想必也費煞諸葛先生的心血了吧——」

二　勇笑

溫柔不戴面具，其實，她做事自覺光明磊落、直來直去，不需作何掩飾，雖屬本性，但對她這次而言，仍只次要。

重要的是：

她漂亮。

她不戴面具，因爲她自覺面具畫得再好，也比她的花容月貌醜。

而且還醜多了！

何況戴面具又很焗，她既怕弄壞她的絕世容貌，又生怕自己的花容月貌，在這次可留名青史的劫法場俠行義舉裡沒得「露相」，那才是真的教她遺恨千年的事哩！

她在跟陳不丁、馮不八折返「回春堂」，一起包圍驚濤公子吳其榮之前，卻先曾救了兩人——當然都是她溫大姑娘的無意之間有心促成的。

她救的兩人，說來也真湊巧：也是押來「破板門」斬首「示衆」的。

要知道，在京裡可以下令將人犯斬首的部門，可不止一個：天子高興，可以著人在午門外梟首；相爺不高興，可以下令把看不順眼的人在菜市口斬首；同樣的，刑部、衙裡抓了罪大惡極、惡貫滿盈的囚犯，也一樣可押至這裡那兒的斫頭行刑。只在問題上：對於「罪大惡極」、「惡貫滿盈」的判別，是人的看法不同而已。

——一個官判的「惡人」，在平常百姓、大家的心目中，可能還是個大善人、大好人。

同樣的，一個民間人人目為大惡霸、大壞蛋，在官方看來，反而可能是一個值得褒獎、甚獲重任的良民殷商。

這種事，向來是有理說不清的——何況官字兩張口，有理也輪不到你來說。

巧合的是，同時在「破板門」問斬的，是兩師徒。

一般要犯則梟首於菜市口；在「破板門」斫頭的，多是地痞流氓、殺人放火、姦淫擄掠、無惡不作之徒；在那兒「三不管」、「三教九流」會集之地行刑，主要是藉此殺雞儆猴，以儆效尤。

蔡京精心部署將方恨少、唐寶牛斬頭一事，鉅細無遺，聲東擊西，深謀遠慮，趕盡殺絕，但他看得了大的，便遺漏了小事——反正也是無關重大的芝麻綠豆小事件：那兒刑部剛也判下了兩個死囚，他正好在這時分在這地方斫脖子！

這可就遇上了！

這時師徒既沒想到眼看就要人頭落地了，但突然殺出救兵——而且還是一大堆、一大群、一大眾的高手——前來相救，不，隨後便弄了個清楚：

根本不是來救他們！

——而是救「隔籬」的那一尊大塊頭和那個斯斯文文的書生！

那一股人可轟轟烈烈、熱熱鬧鬧、也斫斫殺殺、死死生生，但他們這一檔子，可冷冷清清、安安靜靜的，竟無人管，也沒人理會！

——竟連給他們主持行刑的官員和斫腦袋瓜子的劊子手，也不知早就鳥獸散到哪兒去了！

幸虧是唐寶牛、方恨少處斬在先，當其時手起刀未落，各路英雄已經出手、下手，這一來，亂子可大了，那一干押這兩師徒的官員哪敢再耗著等送命？全都腳底抹油朝遠裡蹓去了。

不過，就算是這兩師徒問斬在先，憑這小小兩口囚犯，這些押斬的官員還真不敢爭先，只恐露面太早招非。

——敢情，連抄斬也分高低等級，處境不同，待遇也不一樣；有些人坐牢，坐得天下皆知，人人爲他喊怨、著急、伸冤、抱屈，但有的人爲同一事給關了起來，無人聞問，有冤無路訴，就算有日真的逃（或放）了出來，大家也漠不關心，甚至以爲他（她）是冒充頂擋，當作過街老鼠，人人喊打，活該之餘，有的還多踩幾腳，惟恐不置之死地呢！

是以生死榮辱，本就沒什麼重於泰山、輕若鴻毛的，問題只在人怎麼看法：像方恨少、唐寶牛這般轟轟烈烈，興師動眾的押解他們受刑，已屬風光至極了，至於隔開三四十尺外的師徒倆一對兒，就可沒那麼理直氣壯了。

溫柔忒也多事。她本來也一心一意要救方、唐二人（她跟唐、方本就有極深厚——簡直是「仇深似海」的交情），但見溫夢成、朱小腰早已率一眾兄弟連同「不丁、不八」都出了手，看來方恨少、唐寶牛那兩個活寶貝兒大致一時三刻還死不了，於是她就著眼也著手遊目全場要找出還有沒有更好玩的事兒來。

這一找，便發現那破板門殘破的板牆外的廢墟前，還有兩個就縛屈膝待斬的人。

溫柔出招，至少打走了七、八名官兵和攔阻她的人——以她溫大姑娘出手，要打倒這些「閒雜人等」，還不算什麼難事。

況且，那對師徒沒啥人理會——主角和主場，都在唐寶牛、方恨少那邊！

溫柔不理三七廿一、四七廿八，打了過去，一眼看見那一中年漢一少年人眼露哀求之色，再一眼便發現二人給點了穴道，她也不問來龍去脈，叱道：

「我來救你們！」

一腳踢開少年人的穴道。

少年人噗地跪了下去，居然在兵荒馬亂中向她咚咚咚地叩了三個響頭，大聲道：

「女俠高姓大名？女俠貌美如仙，又宅心仁厚，真是天仙下凡，救得小子，敢情是天賜良緣，請賜告芳名，好讓小子生生世世、永誌不忘！」

溫柔聽得高興，見他傻戇，又會奉承自己，當下噗嗤一笑，調笑道：「我叫溫柔。救你輕而易舉，不必言謝，只要每年今日今朝，都記得我溫柔女俠大恩大德便可！」

那小子死裡逃生，本猶驚魂未定，但聽得芳名，早已色授魂銷，一疊聲的說：「溫柔？啊，真是麗質天生、天作之合、天造地設、舉世無雙。溫柔，溫柔，溫柔，啊，沒有比這名字更適合形同女俠仙子您了！」

溫柔從來不拘小節，這小子這般說得肉麻，她也給人奉迎慣了，不覺唐突，只隨便問了一句：

「傻小子你又叫什麼名字？」

那小伙子一聽，可樂開了，心裡只道：她叫我「傻小子」，她叫我傻小子，傻小子……多親暱啊！正要回答，卻聽那中年人忿然大喊：

「你……你這逆徒，只顧著跟女人勾搭，不理師父了——!?」

溫柔奇道：「他是你的師父?你爲何不去救你師父?」

這少年搔頭抓腮的，抓住中年漢擰扭了半天，只說：「都怪你！一味藏私，沒教會我解穴法。」

轉首跟溫柔赧然道：「他嘛，確是我師父。我姓羅，字泊，天涯飄泊的泊，很詩意是不是?號送湯，送君千里的送，固若金湯的湯，很文雅是不?人叫我……」

話未說完，他師父已大吼道：「羅白乃，你還不救我!?」

羅白乃沒了辦法，只好撒手擰頭的向溫柔求助：「麻煩女俠高抬貴手，也解了師父他老人家的穴道……他可年紀大了，風濕骨痛，我怕萬一有箇什麼不測的，我這當徒弟的也不體面嘛，我看……」

溫柔聽得好笑，心裡暗忖：怎麼這兒又出來兩個要比唐寶牛、方恨少更無聊、無稽的傢伙來了！

當下，發現群俠似一時未能在海派言衷虛、哀派余再來、服派馬高言、浸派蔡炒這些人手上救得方恨少、唐寶牛，心裡也著急，當即一腳踢開那「師父」的穴道，匆匆吩咐道：

「好吧，你們各自求生吧！江湖險惡，你們可惹不得，還是明哲保身是宜！」溫柔這幾句話，自覺說得冠冕堂皇、成熟深思，她自己也覺判若兩人，大爲得意。

她說完便走，耳畔卻傳來剛給踢開了穴道的「師父」破口大罵道：

「什麼妖女！竟用腳來踢我？當我『天大地大我最大』班師之是什麼東西!?吓！咳……」

「師父，您別這樣子嘛，人家是好意救您的呀！」只聽那戇小子羅白乃「左右做人難」的呼喊：「女俠女俠，您也可別見怪，我師父叫『天大地大』班老師，全名爲班師之，但江湖中人多稱他爲班師……他不喜中間那個『老』字……他的人是火躁一些，人也爲老不尊，但人卻挺好、挺老實、挺老不死的——」

「卜」的一聲，顯然他的頭頂已給他師父鑿了一記：

「死徒弟！逆徒！你敢在大庭廣眾這樣奚落自己的師父？你看你，一見上個標緻的，就一味傻笑，像隻什麼的？」

他徒弟居然問：「大俠？」

師父也居然答：「不。」

徒弟竟然又問：「豬？」

師父竟然也答：「不。」

徒弟反問：「那像什麼？」

師父回答：「色魔。」

「師父你錯了，」徒弟竟正色且義正辭嚴的道：「我這種笑，叫做勇笑，即是很勇敢、很有勇氣的笑，絕不是普通的、平凡的笑容。要知道，在這千軍萬馬中，獨有你愛徒我羅白乃一人，還能在此時此際、無視生死的笑得出來！」

話未說完，卻聽一陣鋪天蓋地、震耳欲聾的大笑，自「回春堂」正對面刑場上轟轟烈烈的傳了過來。

三 勇退

發出這般笑聲的，正是唐寶牛！

原來那邊蒙著面的溫夢成、朱小腰、銀盛雪、唐肯等人，率領著「發夢二黨」、「金風細雨樓」、「連雲寨」、「象鼻塔」的一眾兄弟，盡力衝擊搶救方恨少、唐寶牛二人。

「天盟」盟主張初放、「落英山莊」莊主葉博識、「浸派」老大蔡炒、「海派」老大言衷虛、「服派」老大馬高言、「哀派」老大余再來的部屬弟子，還有龍八手下的一眾官兵，奮力抵抗廝殺，正打個旗鼓相當。

龍八一見局勢還穩得下來，放下了七、八個心，向多指頭陀道：「這些什麼小丑，算不了什麼，想當年，我領兵——」

話未說完，忽聽西南一帶胡哨四起，喊殺連天，張鐵樹即去查探，一會兒即滿額是汗的前來報訊：

「西南方又殺來了一堆人，都是紅巾披臉的女子，相當兇悍，守在那兒『風派』的兄弟已全垮了。」

龍八聽得一震。

「那也難怪，風派劉全我已歿，就沒了擔大任的人材。」多指頭陀略作沉吟問：

「來的都是女的？」

張鐵樹說：「都是女子，且年齡應該都甚輕。」

多指頭陀：「可都是用刀？」

張鐵樹眼裡已有佩服之意：「是用刀，還有一手狠辣暗器。」

多指負手仰天嘆道：「是她們了。沒想到經過那麼多波折，仍然那麼死心眼。」

龍八好奇，「誰？是什麼人？大師的老相好？」

多指臉容肅然，只一字一句的說了三個字：

「碎雲淵。」

◇◇◇

「碎……雲……淵……？」龍八想了老半天，仍沒能想起那是什麼東西，只順口說了另外三個字：

「毀……諾……城……!?」

一說完之後，自己也嚇了一大跳，見多指頭陀和張鐵樹俱神色肅穆的點了點頭，這才知道真是事實：

「——真的是專門暗殺當朝大官的毀諾城!?以前文張、黃金鱗等就喪在她們手裡！她們……也來了麼!?」

多指頭陀又在撫弄他的傷指，彷彿傷口正告訴他一個又一個沉痛的故事一般。

「是息大娘、唐晚詞那些人領導的『毀諾城』，這一干女夜叉，可不是好惹的……」

◇◇◇

是真的不好惹。

西南一隅，已給「碎雲淵、毀諾城」的人強攻而破，非但「風派」弟子全毀，連「捧派」的人也全給擊潰了。「服派」馬高言即調去全力應敵。

更風聲鶴唳的是，東北方面的戰情，忽然加劇，而且兵敗如山倒，原守在那兒的「抬派」子弟，全軍覆沒；「哀派」余再來馬上領手下堵塞破口，眼看也是不支。

張烈心氣急敗壞，速來走報：「東北方來一群青布幪面漢子，人不多，用的全是奇門兵器，已衝殺進來了。」

龍八聽得很有些徬徨。

「智利、張顯然已死，『捧派』、『抬派』自然守不住。」多指頭陀徐徐道：「來人可是都不用刀或劍，而且人人都擅用火器？」

張烈心道：「是。」臉上已有崇敬之色。

多指頭陀又長吁一口氣：「是他們了。」

龍八忍不住又問：「誰？」

多指頭陀道：「封刀掛劍。」

龍八大吃三、四十驚：「『霹靂堂』雷家堡!?」

多指頭陀搖首：「不是整個雷門，但卻是『小雷門』主持人雷捲的部下。」

龍八這才放下了十七、八顆心，「還好，不是整個霹靂堂的人。」

多指頭陀卻不舒顏：「那也夠瞧的了。幸好『連雲寨』的首領已洗心革面，久不出江湖，不然……可更棘手了。」

龍八向那抱劍穩守、結成劍陣的「七絕神劍」嘀咕道：

「他們是幹什麼的？來這兒裝腔作勢，只袖手看熱鬧的嗎？」

多指頭陀橫了他一眼，語裡洋溢了相當的不屑：

「你最好別惹火他們。」

龍八沒惹事。

因爲他就算不服，也不敢再生事。

來劫囚的群雄加上「小雷門」和「毀諾城」的力助，已收窄包圍，若再不見救兵，龍八等人已岌岌可危了。

龍八一見情形不妙，語音也軟了起來，向多指頭陀懇求道：

「大師，大師，這樣下去，可不是辦法，你得想想辦法吧——？」

多指頭陀道：「借劍一用！」

他「唰」地抽出了龍八腰畔的劍，一劍擱在唐寶牛的脖子上，道：

「你們來救這兩人是不？再不住手，退後，我馬上先殺了他！」

他是那麼氣定神閒的一說，可是語音卻滾滾轟轟地傳了開去，在場厮殺的人無不爲之一震，各自紛紛住了手，望向多指頭陀這邊來。

一時鴉雀無聲。

只有一個「啊」的一聲，似驚醒了過來：那人正是「七絕神劍」裡的「劍」——

——羅睡覺。

敢情他並不是在裝睡，而是真的一直在恬睡，直至如今，給多指頭陀一輪喊話，才像是如夢初醒過來。

可是他睜開眼，左望望，右望望，像發覺不過是打打殺殺、血肉橫飛、血流成河，也沒啥大不了的事之後，又闔起眼皮，呼呼大睡過去了。

龍八看得只吹鬍子、瞪眼睛：

——這算是什麼幫手!?

——這叫做什麼神劍!?

◇◇◇

多指頭陀這麼一喊，大家都住了手，多指頭陀又把劍往唐寶牛的脖子捺了一捺，揚聲道：

「我的劍正架在這姓唐的頭上，你們再逼進，我就先下手，要他身首異處！」

本來因爲濃霧未散，大家在對峙廝鬥中也不是人人都能把場中心（雖然那兒地勢略高）看得一清二楚，但多指頭陀倒先把話說得清清楚楚，群俠就再沒有不分明的了。

所以他們都停了手。

多指頭陀叱道：「先給我退到一邊去！」

各路群豪不敢妄動，經溫夢成、唐肯等人示意下，都退到一邊，大家肩並著肩，與官兵對峙。

這一退，卻不是敗退，而是勇退。

——不是逞一己之勇，而是爲大局、爲大義、爲珍惜朋友性命而暫退的，是爲「勇退」。

是以他們退得井然有序，毫不慌亂。

多指頭陀瞧在眼裡，也心裡暗嘆。

龍八見多指頭陀要脅之計可行，便自其副將「餓虎」馬上鋒手中抄來一把斬馬刀，也往方恨少脖子一擱，喊道：

「放下你們的兵器，速速就逮，否則我就先殺一個示眾！」

話才說完，只聽一陣鋪天捲地的笑聲，驚天動地的響了起來。

大笑不止的人，正是命懸於人劍下的唐寶牛。

請續看第二冊

【武俠經典新版】說英雄·誰是英雄系列

朝天一棍(一)

作者：溫瑞安
發行人：陳曉林
出版所：風雲時代出版股份有限公司
地址：10576台北市民生東路五段178號7樓之3
電話：(02) 2756-0949
傳真：(02) 2765-3799
執行主編：劉宇青
美術設計：許惠芳
行銷企劃：林安莉
業務總監：張瑋鳳

初版日期：2022年1月新版一刷
版權授權：溫瑞安
ISBN：978-626-7025-23-9
風雲書網：http://www.eastbooks.com.tw
官方部落格：http://eastbooks.pixnet.net/blog
Facebook：http://www.facebook.com/h7560949
E-mail：h7560949@ms15.hinet.net
劃撥帳號：12043291
戶名：風雲時代出版股份有限公司
風雲發行所：33373桃園市龜山區公西村2鄰復興街304巷96號
電話：(03) 318-1378
傳真：(03) 318-1378
法律顧問：永然法律事務所 李永然律師
北辰著作權事務所 蕭雄淋律師
行政院新聞局局版台業字第3595號 營利事業統一編號22759935

定價：290元

國家圖書館出版品預行編目資料

朝天一棍（一）／溫瑞安 著. -- 臺北市：風雲時代，
2021.12- 冊；公分 (說英雄.誰是英雄系列)
武俠經典新版

ISBN 978-626-7025-23-9（第1冊：平裝）

1.武俠小說

857.9 110018324